섬광의
세이버

이민섭 퓨전 판타지 소설
FUSION FANTASY STORY

섬광의 세이버 6

이민섭 퓨전 판타지 소설

초판 1쇄 찍은 날 § 2013년 3월 18일
초판 1쇄 펴낸 날 § 2013년 3월 25일

지은이 § 이민섭
펴낸이 § 서경석

편집부장 § 권태완
편집책임 § 박우진
본문 디자인 § 이혜정

펴낸곳 § 도서출판 청어람
등록번호 § 제1081-1-89호
등록일자 § 1999. 5. 31
어람번호 § 제1-1567호

주소 § 경기도 부천시 원미구 심곡2동 163-2 서경B/D 3F (우) 420-822
전화 § 032-656-4452 팩스 § 032-656-4453
http://www.chungeoram.com
E-mail § chungeorambook@daum.net

ⓒ 이민섭, 2012

ISBN 978-89-251-3220-4 04810
ISBN 978-89-251-2948-8 (세트)

섬광의 세이버

SAVER the sh

이민섭 퓨전

판타지 소설

6

[완결]

FUSION FANTASY STORY

CONTENTS

제1장
정해진 운명

SAVER
섬광의
세이버

지온은 일단 지오프 주변에 머물기 위해 황궁으로 들어갈 결심을 했다. 황궁으로 들어가는 것은 어렵지 않았다. 지오프가 황궁 안에 있기는 했지만 어쨌든 자신도 지오프였기 때문에 문지기를 통과하는 것은 일도 아니었다. 물론 황궁 안에 들어온 직후부터는 모습을 숨겨야 했지만 말이다.

　"원래는 이토록 아름다웠던 곳이군."

　가끔 보이는 영상 속에서나 느꼈던 아름다운 궁전의 모습을 실제로 보니 감탄을 하지 않을 수 없었다. 드워프들의 건축기술은 물론 인간에 비할 바가 아니었지만 여러 장인이 땀 흘리며 만든 이 궁전은 아름다움을 넘어선 무언가가 존재했다.

지온은 일단 지나가는 병사 하나를 잡아 기절시키고 병사의 복장을 입었다. 왕궁을 수비하는 왕궁수비대의 의상이었다. 투구가 제법 커서 얼굴의 반을 가려주기 때문에 택한 의상이었다.

어둠에 몸을 숨기면서 이동하면 되지만 눈이 많아 발각될 수도 있기 때문에 이런 변장은 필수였다. 괜히 사건을 만들면 타나토스의 경각심만 높여주게 된다.

'네놈은 어디 있는 거냐.'

왕궁 안이나 근처에 있음은 확실했다. 노리는 것이 뻔했으니 말이다. 지온은 지오프를 찾기 위해 왕궁을 은밀하게 돌아다녔다. 왕궁의 구조야 이미 예전에 외워놨기 때문에 거침없이 나아갔다.

"정말 잘 어울리는 한 쌍이야! 그렇지?"

"그래, 어쩜 그리 아름다우신지……."

시녀들이 조잘대는 것이 들렸다. 그녀들이 말하는 것은 에멜리아와 지오프의 모습이었다. 지금 지온이 있는 것은 중앙궁에서 조금 떨어진 곳에 있는 정원이었다. 감각을 펼쳐서 확인해보니 지오프는 정원에 있는 것이 확실했다.

지온은 조심스럽게 인기척이 없는 방 안으로 들어가 정원을 바라보았다.

지온은 자신의 모든 기척을 지웠다. 지온이 숨고자 한다면 어떤 인간도 그를 발견해낼 수 없을 것이다. 이미 이브의 권능, 그리고 검의 마수의 권능과 동화가 시작된 지온이었다. 시간이 좀 더 지난다면 완벽히 자신의 힘으로 만들 수 있을 것이다.

"용과 검이라……."

타나토스의 힘이 없어진 상실감이 오히려 대마수들의 힘을 온전히 받아들이는 데 도움을 주고 있었다. 지금껏 이브의 마력만을 사용해 왔지만 그 방대한 마력은 단지 일부에 불과할 뿐이었다.

고대 마법 위에 군림하는 용언은 상식을 넘어서는 힘을 지니고 있었다. 이제 막 깨달은 것에 불과한데도 말이다.

[닫혀라, 숨겨라.]

지온은 처음으로 용언을 발휘해보았다.

지온이 있던 방에 결계가 펼쳐지며 지온 말고 다른 이들이 들어올 수 없게 되었다. 방문은 없었던 것처럼 사라지고 복도를 지나는 사람들의 인식에 영향을 주어 원래 없었던 방으로 생각하게끔 만들어졌다.

본래 인간이 감당할 수 없을 정도의 정신력이 소모되지만 두 대마수의 모든 힘을 지닌 지온에게는 해당 사항이 없었다. 오히려 시간만 충분하다면 이브의 전력을 넘어서게 될 것이다.

"잘 어울리긴 하는군."

에멜리아와 지오프.

정원에 앉아서 서로 바라보는 모습은 굉장히 잘 어울렸다. 부드러운 미소가 그녀의 입에 걸려 있었고 지오프 역시 그녀를 보며 웃었다.

자신의 모습을 관찰하는 것은 처음이었기에 제법 신기한 감이 있었다.

'아직은 별다른 접근이 없군.'

지온은 이 방에 거점을 마련하기로 했다. 제법 고급스러운 가구들도 있었고 욕실도 딸려 있어 머물기에 최적이었다.

타나토스가 움직일 때까지 지온은 그를 포착할 수 없었다. 지온은 방비를 단단히 해 놓을 생각이었다.

"일단……."

지온은 로브를 걸치고 밖으로 나와 왕궁에 펼쳐진 방어 마법을 둘러보았다. 고대의 것이 분명하지만 세월이 지나면서 약화하고 있었다.

"기둥이 낡았군."

왕궁 전체에 새겨진 마법진 중 기둥 부분이 낡아 모여지고 있던 마나가 흩어지고 있는 것이었다. 기둥을 교체해야 하지만 일단 임시방편으로 손을 써놓은 지온이었다.

지온은 제법 많은 시간 동안 왕궁을 돌아다니며 점검과 수리를 계속했다. 하녀들이 바로 옆에서 지온을 지나쳐 갔지만 지온을 인식하지 못했다.

새삼 자신의 힘이 인간의 범주를 아득히 벗어났다는 것을 깨달은 지온이었다. 그것이 조금은 슬퍼지기도 했다. 힘이 있다는 것은 좋은 것이지만 너무나 많은 희생을 바탕으로 얻은 힘이었다.

　지온은 문득 소주가 마시고 싶어졌다. 드워프들이 즐겨 먹는 술에 비하면 약한 술이지만 그래도 마시고 취하고 싶은 기분이 들었다.

　그런 기분 속에서 밤을 맞이했다. 지온은 달빛을 받으며 복도를 걸었다. 지온이 막 거점으로 돌아가려고 할 때였다.

　"거기 누구지?"

　누군가 자신을 똑바로 바라보며 묻고 있었다. 지온은 살짝 놀라며 그를 바라보았다. 자신을 발견할 수 있는 인간은 없다고 생각했지만 그의 얼굴을 보자 수긍이 되었다.

　"지오프……."

　지오프는 잔뜩 경계하며 지온을 바라보았다. 하지만 요란 떨며 병사들을 부를 것 같지는 않았다. 그의 손이 검 위에 올려져 있는 것을 본 순간 왜인지 웃음이 나왔다.

　"묻겠다. 정체가 뭐지?"

　"무엇으로 보이는가?"

　"마법사. 그것도 대단한."

　지온이 계속하라는 제스처를 취하자 지오프는 침착한 표정으로 입을 떼었다.

"소리, 존재감 그리고 모습조차 아주 희미하기만 하다. 여태까지 이런 수준의 마법, 본 적이 없어."

"뛰어나군. 지오프."

"저주받은 재능일 뿐이다."

지온은 고개를 끄덕였다. 지오프의 안에 있는 타나토스의 태동이 느껴졌다. 지오프의 심상에 서서히 접근 중인 악이 지온의 눈에는 보였다.

"확실히 많은 희생과 저주를 품고 있지. 하지만 희망 또한 존재한다."

"차라리 평범한 사람이 되었으면 좋겠어. 처음 보는 수상한 마법사에게 상담이라니, 나도 참 웃기는군."

지온은 쓸쓸한 미소를 짓는 지오프를 보며 손가락을 까딱였다. 지오프는 경계를 조금 풀며 지온에게 다가왔다.

"밤마다 악몽을 꾸겠군. 그래서 잠을 못 이루고 지금처럼 방황하나?"

"그대는 마법사인가, 점쟁이인가?"

"그래도 나쁘진 않은 상태다. 나를 만난 것을 행운으로 생각해라. 황제의 후손."

지오프는 흐릿하기만 한 지온의 모습을 제대로 보려 애썼다. 하지만 보려 할수록 더욱 흐려지기만 할 뿐이었다.

'잘 되었군.'

어차피 만나서 상태를 점검하려고 했던 지온이었다. 지온은 손을 들어 작은 단검을 만들었다. 검은 기운이 응집된 단검은 구체화 하여 지온의 손에 들려졌다. 무척이나 아름다운 보석 같은 단검이었다.

지온이 순식간에 손을 뻗어 지오프의 왼쪽 가슴에 단검을 박아넣었다.

"큭! 무슨!"

지오프는 갑작스러운 암습에 몸을 휘청거리다가 고통이 느껴지지 않자 지온을 바라보았다. 가슴 속으로 파고들기 시작한 단검은 오히려 지오프에게 해방감을 전해주었다.

그의 몸 안에 있던 모든 기운이 잠들어간다. 마치 거대한 자물쇠가 걸리는 것처럼 느껴지는 불안감과 두려움이 차단되었다.

"이게 어떻게 된 거지?"

"잠시 너의 모든 것을 봉인해 놓았다."

"도대체 그대는 누구지? 정체가 무엇인가?"

"언젠가 알게 되겠지."

지온은 지오프를 바라보았다. 그의 안색은 점차 좋아져 제법 평안한 표정까지 짓게 되었다. 분명 오늘부터는 잠을 편하게 잘 수 있을 것이다.

지온은 더 이상 그를 혼란스럽게 만들고 싶지 않았지만 일단 경고는 해두기로 했다.

"거대한 존재가 널 노리고 있다."

"나를?"

"그래, 나는 널 보호하기 위해서 이곳에 있는 것이다."

"보호인가? 네가 나의 수호천사라도 된단 말인가."

지온은 피식 웃으며 고개를 설레설레 내저었다.

"유치하긴. 하지만 비슷한 거라 생각해라."

"믿기 힘들군."

"아무튼 오래 살아야 하지 않겠나? 그대의 연인인 에멜리아를 위해서라도 말이야."

에멜리아의 이름이 나오자 지오프의 몸이 흠칫 떨렸다.

"그녀에게 그 어떤 위해라도 가한다면 내가 널 처단할 것이다. 설령 나의 보호를 위해서라 할지라도 말이야."

"이성을 잃었군. 지오프. 그럴 일은 없을 것이다."

지온은 그런 지오프를 보며 웃음을 머금었다. 지오프는 에멜리아를 진정으로 사랑하고 있었다. 왠지 그 모습을 보니 지온은 제법 뿌듯해졌다.

"그럼 지켜보고 있겠다. 지오프."

그렇게 말한 지온은 마력을 일으키며 지오프의 시야에서 사라져버렸다. 지온은 지오프를 밀착 보호할 생각은 없었다. 오히려 틈을 보여주어 타나토스를 유인해 낼 생각이었다.

이 대치가 장기전이 된다면 지오프를 지켜낼 확률이 낮아지기 때문이다.

타나토스는 순백의 마음을 지닌 고위 신관들을 차례대로 오염시켰다. 그 오염은 아주 작은 검은 물방울이었다. 순백의 물결 위에 떨어진 아주 작은 검은 물방울.

그것은 신관들의 지고한 사상에 영향을 주어 생각을 오염시키고 대업이라는 이름의 야망을 꿈꾸게 했다.

아름다운 이상향을 위한 희생이라는 명분으로 자신을 치장하기 시작한 것이다.

"어떻게 생각하오. 형제들이여."

"확실히 지오프 왕자의 힘이 그러하다면 정화를 하지 않으면 곤란합니다."

"여태껏 빛을 가장해 숨어 있었다니 저희가 무지했군요."

타나토스가 뒤집어쓴 노인은 교단의 차기 수장이었다. 순결하여 오염되지 않는 수장을 이단자라 몰아세우고 심장을 뽑아 죽인 그는 교단의 수장 자리에 올랐다.

"우리는 조그마한 어둠도 용납해서는 안 되오. 어둠의 힘을 다룰 수 있는 위대한 황제의 후손 역시 마찬가지……."

"옳습니다. 그의 죽음을 악을 제거하는 첫 단추로 삼아야 합니다!'

노인은 엄중하게 고개를 끄덕이며 두 팔을 벌렸다. 교단이 지닌 모든 것을 동원하여 일을 벌일 생각이었다.

"나에게 좋은 계획이 있소."

노인의 인자한 웃음이 모두에게 영향을 미쳤다. 스스로자신을 빛의 선구자라 믿기 시작한 이들은 이를 위대한 혁명으로 생각하기 시작했다.

맹신을 넘어 광신으로 이어진 비극적인 역사의 서막이었다.

＊　　　＊　　　＊

일주일이 넘게 왕궁에 머물면서 계속해서 주변 경계를 한 지온이었다. 타나토스가 작심하고 숨어버렸는지 도저히 그의 기운을 찾아낼 수 없었다.

지온은 작게 한숨을 내쉬며 임명식 준비로 들뜬 왕궁의 내부를 둘러보았다. 지오프 왕자의 왕세자 임명식은 무척이나 성대할 것이라 예상되었다. 후에 제국으로 명칭을 바꾼 후에 비운의 황태자라 불리는 지오프, 그러니까 지온은 아직 황위를 잇지 못했다. 지온 자신이 황제의 자리에 관심이 없을 뿐더러 연이어 터진 재앙이 그럴 기회를 막은 것이다.

'그가 잘 하겠지.'

교단의 지원을 받았기는 하나 팬타리온을 단숨에 제국 반열에 올린 황제였다. 지오프의 친형은 황제의 그릇으로 알맞았다. 지오프의 기억이 없는 지온보다는 말이다.

"언제 일을 벌이려는 거지?"

아직은 왕궁 주위에 그 어떤 마법적인 기척도 존재하지 않았다. 마법진을 미리 그려놓게 된다면 미세한 마력의 흐름이 있어야 할 터였다.

아무리 타나토스라 할지라도 준비 없이 단숨에 지온이 강화시켜 놓은 결계를 뚫을 수 없을 것이다.

"임명식은 내일인가?"

지온은 본능적으로 내일 무언가 일어날 것 같다고 예감했다. 무언가 지온이 미처 알아보지 못한 것들이 큰일을 저지를 것만 같았다.

"직접 그 자리에 있어야겠어."

어떤 일이 일어나도 지온은 지오프를 지켜낼 작정이었다. 그렇게 하려면 역시 가까운 곳에 위치하는 것이 제일 좋았다. 변장에 도가 튼 지온이니 그 정도는 아무런 문제가 없을 것이다.

지온은 거점에서 나와 중앙궁을 둘러보았다. 임명식은 무척이나 성대하게 준비되고 있었는데 늦은 밤임에도 불구하고 막바지 작업에 한창이었다. 지온은 수상한 기척이 있나 살펴보다가 몰랐던 사실을 듣게 되었다.

'지오프와 에멜리아의 약혼식.'

왕세자로 임명되고 나서 바로 약혼식이 열린다고 했다. 지온은 작게 숨을 내쉬며 고개를 설레 내저었다. 가장 경사스러운 날 가장 극심한 고통을 겪은 에멜리아였다.

그녀를 자신의 마음속에서 밀어내려고 해도 오히려 계속

해서 밀려들어 왔다. 지금에 이르러서는 소중한 사람이 되어 버렸다.

"역사는 바꿀 수 있는 건가?"

지오프 왕자를 지켜낸다면 올바르게 역사가 다시 쓰이지 않을까? 그렇게 된다면 지금 지온의 존재는 어떻게 되는 것인지, 모든 것이 불확실했다. 하지만 지온은 모든 것을 감수하고서라도 이 평화로운 모습을 지키고 싶었다.

"바꿀 수 없다면……."

지온은 문득 이 모든 것들이 필연일 수도 있다는 생각이 들었다. 그러다가 피식하고 웃음을 내뱉고는 다시 고개를 설레설레 내저었다.

*　　　*　　　*

역사적인 날이 밝아왔다. 팬타리온 전역에서 축제가 벌어지고 있었고 왕궁은 그 어느 때보다도 활기가 넘쳤다. 오랜 기간 동안 준비한 왕세자 책봉식이다. 그만큼 화려하고 성대했다.

하늘에서 쉴새 없이 꽃들이 떨어져 내렸고 휘황찬란한 금빛 갑옷을 입은 기사단들이 열을 맞추어 왕궁 안으로 진입했다. 그 뒤로 여러 고위 인사들이 따랐고 빛의 교단의 신관들도 행렬에 가담했다. 고대의 궁전이라 일컬어지는 동쪽 궁전에서 시작해 수도에 남쪽에 위치한 성스러운 탑을 지나 다시 중앙궁으로 돌아오는 퍼레이드였다.

팬타리온 전통 방식이었고 초대된 모든 손님은 퍼레이드에 참가할 의무가 있었다. 팬타리온의 왕은 가장 중앙에 있는 뚜껑이 오픈 된 마차에 올라있었고 지오프와 에멜리아는 그 뒤 칸에 올라 백성을 보며 손을 흔들어주고 있었다.

"이봐! 속도가 조금 빠르다!"

"아, 예."

작은 속삭임들이 있었다. 마부석에 앉아 있는 기사가 다른 기사보고 그렇게 말하자 그 기사는 마차의 속도를 늦추었다.

"후, 이런 성대한 축제는 난생처음이군."

"그렇습니까?"

"폭죽 소리, 환호 소리, 귀가 먹먹해질 지경이야. 그나저나 정말 잘 어울리는 한 쌍이지 않나?"

기사는 지오프가 있는 마차의 뒤에 위치한 마차를 몰고 있었다. 사람이 타는 마차가 아니라 황제와 지오프를 보호하기 위해 마법적인 결계를 뿜어내고 있는 마차였다.

투구에 붉은 깃털을 달고 있는 기사가 말하자 푸른 깃털을 달고 있는 기사가 지오프와 에멜리아를 바라보며 고개를 끄덕였다.

"그렇군요."

"저렇게 아름답고 연약해 보여도 팬타리온에서 가장 유명한 여검사이기도 하시지. 아마 전하께서는 잡혀 사실 거야."

"전하께서 더 강하실지도 모릅니다."

"음? 에이, 설마……."

푸른 깃털을 단 기사가 피식 웃었다. 그는 팬타리온의 기사가 아닌 바로 지온이었다. 원래 이 갑옷과 투구를 쓰고 있던 기사는 외진 곳에 묶여 있는 상태였다.

딱히 수상한 기척은 없었지만 지온의 신경을 건드리는 것이 있었다. 그것은 바로 빛의 교단의 신관들이었다. 엄숙한 표정으로 가장 끝 부분에서 행렬을 뒤따르고 있었는데 무언가 불길한 것이 느껴졌다.

'하지만 저들로서는 지오프를 해칠 수 없다.'

저들의 숫자가 많아도 지온은 충분히 일순간에 몰살시킬 수 있는 실력이 되었다. 게다가 중앙궁에서 마법을 쓰려면 마법진을 그려야 하는데 중앙궁의 바닥에는 마법진을 그릴 수 없었다. 지온이 강화시켰기에 대마법사라 할지라도 위협을 주기 힘들 지경이었다.

'무사히 지나간다면 역사가 바뀔 거야. 그럼 타나토스가 사라지고 나 역시 사라질지도 모른다.'

시간 여행에 대한 이론은 여러 가지가 있었는데 지온은 그 모든 것을 염두에 두어야 했다. 역사가 변한 순간부터 지온이 사라질 수도 있기 때문이었다.

'그렇게 된다면 어쩌면 지구에 돌아갈 수 있을지 모르겠군.'

지구에 늘 돌아가고 싶었지만 지금은 그렇게 바라고 있지 않았다. 에멜리아와 이브 때문이기도 하지만 진심으로 이곳이 좋아져 버렸기 때문이다.

자신의 손으로 지켜낸 이 세계를 좀 더 지켜보고 싶었다.

'얼마 남지 않았어.'

그렇게 생각한 지온은 경계를 늦추지 않으며 날카로운 눈으로 주변을 주시했다. 붉은 깃털을 단 기사가 말을 못 붙일 정도로 지온의 기세는 날카로웠다.

환호하는 백성을 하나하나 살펴볼 정도로 지온은 상당히 집중하고 있었다. 심력의 소모가 상당했지만 결코 멈추지 않았다. 위험이 도사리고 있는 이상 철저하게 조그마한 가능성이라도 배제해야만 했다.

'이상하군.'

어느덧 기나긴 행렬은 벌써 중앙궁에 진입을 하고 있었다. 별다른 특이사항 없이 환희에 찬 노래 속에서 페레이드가 마무리되어 가고 있었다. 지온은 의아함에 눈썹을 찡그렸다.

'타나토스가 다음을 노리는 건가?'

어쩌면 지온을 극도로 경계하며 차후를 노리려는 수작일 수도 있었다. 만약 그런 생각이라면 지온 역시 환영이었다. 시간만 충분하다면 지오프를 훈련해서 애초부터 그의 영향을 배제하는 방법을 쓸 수 있으니 말이다.

'오늘 아무 일도 없게 된다면 역사는 달라지겠지.'

타나토스가 자동으로 소멸할지도 모르는 일이다. 지온은 낙관적으로 생각하다가 무의식적으로 행렬의 끝을 바라보았다. 그러자 지온의 눈이 커질 수밖에 없었다.

'줄어들었다?'

분명 신관의 숫자에 변동이 있었다. 눈에 확 들어올 만큼은 아니지만 자세히 바라보면 알아차릴 수 있을 정도였다. 궁에 들어왔기에 마법적인 해를 끼칠 수는 없을 터였다.

'무슨 꿍꿍이지?'

지온은 불안감을 느끼며 자리에서 벌떡 일어섰다.

"이, 이보게! 왜 그러는가?"

기사가 자신을 불렀지만 지온의 모습이 순식간에 사라졌다. 기사는 입을 떡하니 벌리고 눈을 깜빡였다.

'이건?'

지온이 발견한 것은 일정한 간격으로 궁전 둘레에 서 있는 신관들이었다. 머리를 푹 숙이고 마법으로 위장까지 하고 있어 마법사들도 쉽게 알아차리지 못할 정도였다. 지온이 당황한 것은 그때였다.

쿠우우웅!!

갑작스러운 포격이 성벽을 두드렸다. 결계 덕분에 피해는 없었지만 궁전 안은 순식간에 난장판이 되어버렸다.

'저들은?'

수도 안에 갑작스럽게 모습을 드러낸 것은 팬타리온 주위에 있는 왕국의 병사들이었다. 어떻게 그들이 수도의 결계를 뚫고 텔레포트를 했는지, 그리고 왜 공격을 했는지 알 수 없었다. 다만 지온이 유일하게 아는 것은 타나토스가 이 일에 분명 관련이 되어 있다는 것이었다.

'인간들을 이용한 건가?'

많은 숫자이기는 하지만 이 정도로 무너질 팬타리온이 아니었다. 정예 기사단이 출동하여 수도로 침입한 병사들을 상대하기 시작했다.

"비상사태다! 전하를 지켜라!"

"전하를 안전한 곳으로 모셔라!!"

챙! 찌이이익!

에멜리아가 드레스 자락을 찢고 옆에 있는 기사의 검을 검집에서 뽑았다. 그녀는 지오프의 옆에 서서 급박하게 돌아가는 상황을 주시했다.

지온은 그녀를 바라보다가 다가가려 했지만 쉽게 몸을 움직일 수가 없었다. 궁전 주변에 서 있던 신관들의 몸에서 검은빛이 뿜어져 나왔기 때문이다.

"이건?"

신관들은 스스로 몸을 녹여 마법진을 그리고 있었다. 혼란을 틈타 아무도 모르게 무엇인가를 준비하고 있었다. 지온은 손에 검은 검을 소환하며 바닥에 내려섰다.

"꺄아아악!"

"적들이 침입했다!"

"암살자들이다!"

퍼레이드에 참여했던 타국의 사자들이 갑자기 검을 들더니 무차별적으로 사람들을 학살하기 시작했다. 지온이 분명 확인해본 자들이었다. 훈련 받은 흔적이 없었고 살심 또한 찾아볼 수 없었던 평범한 자들이었다.

"날 얕보았군."

지온의 뒤에서 목소리가 들려왔다. 노인의 목소리였다. 지온은 등을 돌리며 그를 바라보았다.

"타나토스……."

"넌 오직 나만을 경계했다. 그것이 이 참극을 일으킨 원인이지."

지온은 그를 노려보며 마력을 뿜었다. 검의 마수의 권능에 따라 그의 몸에 갑주가 입혀졌다. 전과는 달리 조금은 거친 모습의 형태였다. 쓰인 투구에서 붉은 안광이 새어 나왔다. 지온이 두 손을 들자 공중에서 푸른빛과 검은빛을 내는 검이 생성되어 들려졌다.

"여기서 소멸돼라. 타나토스!"

"후후."

타나토스는 인자한 웃음을 지으며 손에 든 지팡이를 지온에게 겨누었다. 빛의 기운이 솟아나자 지온은 고개를 갸웃할 수밖에 없었다.

"침입자!"

지온의 등을 향해 붉은 오러가 입혀진 검이 쇄도해 들어왔다. 지온은 허리를 비틀어 피한 다음 검의 주인을 바라보았다.

'에멜리아······.'

지온은 인상을 찌푸리며 타나토스를 바라보았다. 타나토스는 겨우 살았다는 표정으로 에멜리아를 보며 긴 숨을 내쉬었다.

"추기경님 괜찮으십니까?"

"더, 덕분에 살았네."

치룽!

"왕세자 저하는 어디에 계신가?"

타나토스가 에멜리아에게 물었다. 지온이 검을 휘두르려 했지만 그 앞을 에멜리아가 막아섰다.

"안전한 곳으로 모셨습니다. 중앙궁으로 피하십시오!"

"그곳에 전하도 계신가?"

에멜리아가 타나토스를 바라보았다. 타나토스는 헛기침을 하더니 고개를 끄덕이고는 중앙궁으로 뛰어갔다. 지온은 주변을 가득 메운 기사들과 병사들을 보며 고개를 설레설레 저었다.

지온이 생각해봐도 자신의 모습은 엄청나게 수상했다. 검은 갑옷에 기이하게 펄럭이는 푸른 망토를 등에 달고 두 검을 쥔 모습은 영락없는 침입자였다.

"누구의 사주로 온 것이냐!"

콰아아앙!

성벽에 포탄이 떨어지는 소리가 들려왔다. 지온은 병사들과 기사들을 무시하며 중앙궁으로 가려다가 몸을 흠칫하며 멈추어 섰다.

"결계가……!"

하늘에서 유리 깨지는 소리가 나더니 순식간에 결계가 박살 났다. 궁전 주변에 있던 신관들이 자신의 몸을 산화시켜 결계를 역으로 풀어 헤친 것이다.

그리고 수도에 침입한 마법사들이 공중에 검은 먹구름을 소환해 내었다.

"마, 마법?"

"피, 피해!"

공중에서 떨어지는 것은 수만 개의 불화살이었다. 마치 소나기가 내리듯 궁전을 향해 쏟아져 내렸다. 강화 마법이 걸려 있어 궁전에 큰 타격은 없었지만 기사와 병사들은 아니었다.

"크아아악!"

병사들의 몸이 화염에 휩싸이고 기사들이 튕겨져 나갔다. 에멜리아는 불화살을 검으로 튕겨내다가 발을 삐끗했다. 수십 개의 불화살이 자신에게 박히려는 순간 마력을 방출해 몸을 보호한 다음 충격을 기다렸다.

팅! 티티팅!

에멜리아의 눈이 떠졌다. 그녀의 앞을 막아선 것은 지온이었다. 지온은 불화살에 대항해 마력을 방출하여 모조리 튕겨 내고 주변에 대규모 결계를 쳤다.

"어째서?"

지온은 대답하지 않고 성벽 쪽을 노려보았다.

"거기냐!"

검을 들었던 손을 휘저으며 빠르게 베었다. 그러자 어마어마한 충격파가 뿜어져 나와 성벽을 갈라버렸다.

서걱!

성벽이 허무하게 갈라지자 그 위에 서 있던 마법사들이 잔해에 깔려 죽었다. 어안이 벙벙해진 에멜리아와 기사들을 바라보다가 지온은 빠르게 중앙궁 쪽으로 몸을 날렸다.

"자, 잠깐……!"

에멜리아의 말에 들려왔지만 들어줄 시간이 없었다. 지오프가 중앙궁에 있는 것은 분명한 사실이었다. 타나토스가 그쪽으로 갔으니 막아야만 했다.

"막아라!"

"침입자다!"

자신을 막는 기사들을 기절시킨 지온은 거침없이 중앙궁을 향해 홀로 진격했다. 화살이 쏟아져 내리고 칼날이 지온을 향해 쑤셔왔다.

"비켜!"

지온은 검면으로 기사들을 후려쳐 한쪽 구석에 처박아 놓았다. 그리고 굳게 닫힌 중앙궁의 문을 바라보다가 그대로 발로 차버렸다.

퍼어엉!

거대한 중앙궁의 문에 그대로 산산조각 나며 바닥에 떨어졌다. 너무나 강력한 힘에 문을 지탱하고 있던 성벽들도 주저앉아버렸다.

"괴, 괴물!"

"무, 문이 뚫렸다!"

지온은 중앙궁 안으로 들어갔다. 중앙궁을 가득 메우고 있는 것은 역시 병사들이었다. 그들은 중앙궁의 끝에 있는 방을 필사적으로 지키려고 하였다.

'저기에 있군.'

방문 앞에 서 있는 타나토스의 모습이 보였다. 그는 신관들을 거느리고 지온을 보며 웃고 있었다. 마치 자신이 승자라는 듯이 그렇게 말이다.

"적은 하나다! 겁먹지 마라! 쳐라!!"

기사들의 지휘 아래 병사들이 달려들기 시작했다. 지온은 이들을 모두 상대할 시간이 없음을 알고 있었다. 두 손에 들린 검을 교차시키며 낮게 자세를 잡았다.

검의 마수의 권능이 발현되었다.

샤아악!

정면의 공간을 십자 모양으로 찢었다. 그와 동시에 그 안으로 들어가며 빠르게 다시 검을 휘둘렀다.

서걱!

지온의 몸은 단번에 앞으로 이동되었다. 텔레포트 따위가 아니라 공간을 찢어 도약한 것이었다. 지온이 어마어마한 속도로 진격해 오자 타나토스는 얼굴을 굳히더니 방 문을 지키고 있던 기사들에게 다가갔다. 그리고,

푸욱!

기사들의 심장을 단숨에 뽑아버리고는 비릿한 웃음을 머금었다. 갑작스러운 상황에 기사들과 병사들이 혼란스러워했지만 신관들이 움직이자 반응을 할 틈이 없었다.

파아아아앙!

신관들은 자신들의 몸을 폭발시켜 주변을 쓸어버렸다. 비명 없이 대부분의 병사가 죽어버렸다. 살아남은 기사들은 바닥을 기며 고통에 울부짖었다.

지온은 빠르게 신관을 베어버리며 문 안으로 들어갔다. 문 안은 지옥도가 펼쳐져 있었다. 여러 고위 귀족들이 싸늘한 시체로 변해 있었고, 팬타리온의 왕비 역시 타나토스의 손에 들려 죽음을 맞이했다.

"어마마마!"

지오프가 검을 들고 그를 치려고 했지만 타나토스가 가볍

게 손을 휘젓자 뒤로 튕겨져 나갔다. 기절했는지 몸이 축 늘어졌다.

"어서 오게. 지온."

"네놈……!"

"네 어미를 방금 잡아 죽였네."

지온의 손이 부들부들 떨렸다. 지온은 빠르게 검을 타나토스의 심장에 찔러넣었다.

푸숙!

그리고 단번에 목을 베었다. 타나토스의 목이 바닥에 떨어지자 왕은 힘겨운 숨을 내쉬며 지온을 바라보았다.

"고맙소……."

왕이 충격에 비틀거리면서 왕비의 시체로 다가갔다. 지온은 허무하게 바닥에 떨어져 죽어 있는 타나토스를 바라보았다. 이렇게 쉽게 죽을 리가 없었기 때문이다.

'육체를 바꾸었나?'

그것에까지 생각이 미치자 지온의 눈이 크게 떠졌다.

"물러나!"

푸욱!

왕비의 시체가 벌떡 일어나더니 왕의 가슴에 손을 쑤셔 넣었다. 왕비의 몸을 뒤집어쓴 타나토스가 손에 든 심장으로 마법진을 만들었다.

"타나토스!!"

지온은 그의 이름을 분노로 부르며 왕비의 몸에 검을 박아 넣었다. 검을 박아 넣고 마력을 흘려 넣어 타나토스의 영혼을 공격하기 시작했다.

[속박하라.]

타나토스가 육체에서 빠져나오려 했지만 지온의 용언이 그의 영혼을 붙들었다.

"용언인가! 지온! 네놈이!"

"죽어버려라!"

지온은 타나토스의 영혼을 막대한 마력으로 공격하기 시작했다. 검은빛과 푸른빛이 격렬하게 싸워대며 주변을 망가뜨렸다.

타나토스가 점차 밀리기 시작했다. 육체가 파괴되기 시작하자 그의 영혼이 응집하지 못하고 흩어지기 시작했다.

"어마마마!"

지오프가 겨우 정신을 차리며 타나토스를 바라보았다. 타나토스는 지오프를 바라보며 눈물을 흘렸다.

"도와다오. 지오프……."

"지오프! 이놈은 네 어머니가 아니다!!"

"지오프…… 이 검은 기사가 널 먹으려 한다."

지오프의 눈이 급격하게 떨리기 시작했다. 바닥에 떨어진 검이 지온을 향했다. 지온은 신음성을 터뜨렸다. 조금만 더 마력을 쑤셔 박는다면 타나토스를 완전히 제거할 수 있었다.

"어마마마를 풀어줘!"

지오프의 검이 지온의 복부에 박혔다. 지온의 몸이 비틀거리자 타나토스가 지온을 튕겨내며 벽에 처박아버렸다.

"크, 크하하하하!"

"어마…… 마마?"

"그래! 지오프! 이 어미에게 오렴!"

지오프의 눈에 등을 돌리고 있던 왕비가 서서히 몸을 돌리는 것이 보였다. 왕비의 목이 푹 하고 90도로 꺾여 있었고 팔이 이리저리 뒤틀려 있었다. 왕비의 심장이 없는 텅 빈 가슴이 눈에 들어왔다.

"아, 아아……."

"난 완전해질 것이다."

왕비의 손이 지온의 얼굴을 잡으려 할 때였다.

파아아아! 서걱!

반달 모양의 검기가 뿜어져 나오며 손을 갈라버렸다. 힘겹게 몸을 일으킨 지온은 복부에 박힌 검을 빼내고 타나토스를 노려보았다. 그의 투구가 깨져버리며 지온의 얼굴이 드러났다.

"저건…… 나?"

지오프는 지온의 얼굴이 자신과 똑같음을 알고 혼란에 빠졌다.

"지오프! 저것이 널 먹어치우려 하는 마수다."

"어마마마가 마수라고?"

"아니, 어마마마의 몸을 차지한 타나토스다!"

지오프는 몸을 흠칫하며 뒤로 빠르게 물러났다. 하지만 타나토스의 팔이 더 빨랐다. 순식간에 지온의 목을 잡은 타나토스가 입을 벌려 자신의 영혼을 뿜어내기 시작했다.

지온은 빠르게 달려들어 타나토스의 몸과 지오프의 몸을 잡았다.

"방해하지 마라! 지온!"

"웃기는 소리!"

타나토스의 얼굴이 일그러졌다. 지온이 마력을 뿜어내며 지오프에게 접근하는 그의 영혼을 흩어버리고 있었기 때문이다. 먹으려는 자와 막는 자의 균형이 너무나 팽팽해서 누구도 움직일 수 없었다.

그때였다.

왕의 심장에 새겨진 마법진이 활성화되었다.

파아아!

어마어마한 압력이 지온의 몸을 뒤흔들었다.

"이 궁전을 날려버릴 운석이 소환되었다."

"뭐라고?"

"절망해라! 지온!"

타나토스는 환희에 찬 웃음을 그렸다.

"내 영혼력을 소모한다면 차원을 넘을 수 있다. 다만 공간을 인위적으로 찢을 힘이 필요했다. 그것은 떨어져 내리고 있는 운석으로 대체할 수 있지."

타나토스는 지온을 바라보았다.

"나는 지오프의 몸과 함께 지구로 건너갈 것이다! 그리고 네가 아끼는 모든 것을 파괴할 것이다!"

"네놈!!"

운석이 떨어져 내릴수록 지온의 몸이 받는 압력이 점점 세졌다. 지온의 정신집중이 흐트러져 균형이 깨져버렸다. 타나토스의 영혼이 지오프의 몸으로 침입하고 있었다.

"내 승리다!"

운석이 떨어져 내리는 압력이 중앙궁을 반파하고 공간을 가르기 시작했다. 타나토스의 앞에 거대한 균열이 일어나며 차원의 틈새가 만들어졌다. 타나토스가 지오프를 데리고 그 틈새로 가기 직전이었다.

지온의 눈이 날카롭게 떠졌다.

[분리되어라!]

모든 정신력을 짜내 용언을 발하였다. 타나토스는 몸을 흠칫 떨며 자신에 손에 들린 지오프를 바라보았다.

"무슨 짓을!"

"지오프의 몸과 영혼을 분리했다!"

차원의 틈새로 타나토스가 빨려 들어가기 시작했다.

"네이노오오옴!!"

지온은 지오프의 몸을 재빨리 잡고 떨어져 나간 지오프의 영혼에 손을 뻗었다. 하지만 틈새의 흡입력이 지온보다 먼저 지오프의 영혼을 삼켜버렸다.

휘이이이잉!

타나토스가 사라지고 지오프의 영혼이 빨려 들어간 순간 틈새가 닫혀버렸다.

"…젠장."

지온은 축 늘어진 지오프의 몸을 바라보았다. 영혼이 없어 곧 있으면 죽어버릴 것이다. 지온은 고개를 들어 떨어져 내리는 운석을 바라보았다. 압력이 심해 제대로 실력을 발휘할 수는 없었지만 저것이 떨어져 내리면 궁전이 박살 날 뿐만 아니라 수도 자체가 없어져 버릴 정도였다.

지온은 한 손에 거대한 검을 소환하였다. 그리고 마력을 짜내 검에 집중했다.

[베어져라, 부서져라! 사라져라!]

용언을 내뱉는 순간 지온은 떨어져 내리는 거대한 운석을 향해 검을 휘둘렀다.

뿜어져 나간 푸른 섬광이 운석에 닿았다.

파지지직!

벼락이 치며 주변을 휩쓸어 버렸고 막대한 충격파가 지면을 강타했다.

콰지지직!

운석이 크게 베어지며 반 이상이 가루가 되어 소멸했다. 지온은 빠르게 다시 검을 베었지만 떨어져 내리는 운석을 모두 막을 수는 없었다.

마력 고갈로 검은 갑옷이 해체되었다. 지온은 거친 숨을 몰아쉬며 자신을 향해 떨어져 내리는 운석의 파편들을 바라보았다.

"지오프 저하!!"

웅웅거리는 지온의 귀에 에멜리아의 목소리가 들렸다. 간신히 고개를 들어 바라보자 에멜리아가 지온에게 손을 뻗으며 달려오고 있었다.

"에멜리아. 오지 마."

"제가 구해드리겠습니다!"

"오지 마!"

지온은 천천히 손을 들어 뻗었다. 마력이 고갈되어 지온은 움직일 수 없었기에 그녀가 온다면 같이 죽을 수밖에 없었다.

그때였다. 에멜리아가 지온을 보호하려 마력을 뿜어내며 지온의 몸을 감싸려 했다.

"마력……!"

지온은 그대로 에멜리아의 마력을 흡수했다. 극히 부족한 양이었지만 당장 몸을 이동시킬 정도는 되었다. 지온은 달려오는 에멜리아를 튕겨내고는 지오프의 몸을 들었다.

"크흑!"

그리고 간신히 공간을 가르며 그 안으로 들어갔다.

콰아아아앙!!

지온이 공간 속으로 사라지자마자 운석의 파편들이 그 자리에 떨어져내렸다.

"지오프 저하!!"

에멜리아의 절망 섞인 비명만이 울려 퍼질 뿐이었다.

공간을 찢고 지온의 몸이 바닥에 떨어졌다. 지오프의 몸 역시 떨어져 내렸다. 공간을 건너며 타버린 지오프의 옷 때문에 지오프는 알몸 상태가 되었다.

"여긴?"

지온은 간신히 고개를 들어 이곳이 어디인지 살폈다. 이곳은 지온 역시 잘 아는 곳이었다. 주변은 어두웠지만 지온은 이곳이 어디인지 알아버렸다.

"내가 처음 이 세계에 온 곳."

지온은 마력이 서서히 차오르는 것을 느꼈다. 발밑에 웅크리며 잠을 자고 있는 거대한 존재의 마력이 몸 안으로 차오르고 있었다.

"이브……."

지온은 피식 웃으며 마력으로 상처를 치료했다. 마수의 권능이 있기 때문에 마력만 있다면 어떤 상처든 단번에 치료할 수 있는 지온이었다.

지온은 지오프의 몸이 죽어가고 있다는 것을 느꼈다. 지온은 이브를 봉인한 거대한 마법진을 이용해서 지오프의 몸 상태를 지금 그대로 봉인하기로 했다.

영혼이 다시 몸 안에 정착할 때까지 말이다.

[굳어라! 동결하라!]

용언이 발휘되며 지오프의 몸을 감쌌다. 지오프의 몸이 그대로 동결되며 그의 몸은 시간이 멈춰버렸다.

"타나토스는 지구로 갔겠지."

검의 마수의 권능으로서는 시공간을 갈라 허락된 과거나 미래로 갈 수 있는 정도였다. 타나토스처럼 차원 자체를 뛰어넘을 수는 없었다. 지구에 도착한 타나토스가 할 일은 불 보듯 뻔했다.

파괴.

지구의 고통에 찬 멸망이었다. 지온은 허탈하게 웃으며 얼굴을 감싸 쥐었다. 더 이상 어떻게 해야 할지 몰랐기 때문이다.

"일단…… 돌아가자."

지온은 힘겹게 검을 들고 공간을 갈랐다. 그리고 자신이 속해 있던 시간대로 돌아가기 위해 모든 정신을 집중했다. 용언과 검의 권능이 발휘되자 지온의 몸이 공간 안으로 빨려 들어가는 것처럼 이동되었다.

"지온!"

"지온님!"

이브와 에멜리아의 목소리가 들리는 순간 지온은 극심한 피로 속에서 정신을 잃었다.

제2장
그곳으로의 귀환

섬광의
세이버

지온은 나른한 정신을 간신히 부여잡았다. 편안한 느낌에 계속해서 잠을 자고 싶은 욕구가 솟구쳤다. 지온은 긴 숨을 내쉬다가 힘겹게 눈을 떴다.

　눈이 부셔 잠시 멍하니 그렇게 있었다.

　"아……."

　따스한 햇볕이 방 안으로 들어오고 있었다. 상쾌한 공기를 맡으며 지온은 침대에서 상체를 일으켰다. 고급스러운 침대와 이불이 자신의 눈에 보였다. 그리고 창문 너머로 황금빛 사막 역시 보였다.

　"사흐탄인가."

지온은 비로소 자신이 속한 시간대로 돌아왔음을 깨달았다. 입가에 미소가 지어지는 순간 지구로 가버린 타나토스가 떠올랐다. 그의 표정이 점차 굳기 시작했다.

"후……."

모든 것이 혼란스럽기만 하다. 일단 지오프의 몸을 동결해 놓기는 했지만 그의 영혼은 지구에 있었다. 타나토스의 권능이 없는 지온으로서는 갈 방법이 없는 것이었다.

자신에게 아무런 영향이 없는 것으로 보면 역사를 수정한 영향력이 본래 세계에 미치지 않는 것일 수도 있었다.

'아니, 어쩌면…….'

자신이 어떤 방법을 이용해 지구로 가는 것일 수도 있다. 그것에까지 생각이 미치자 지온은 자리에서 일어났다. 문득 자신의 옷이 갈아 입혀져 있음을 깨달았다.

눈을 깜빡이다가 들어온 에멜리아와 이브에게 시선이 닿았다.

"깨어나셨군요."

에멜리아가 달려와 지온을 껴안았다. 지온은 부드럽게 웃으며 그녀를 안아주었다. 이브가 한심하다는 표정을 지온을 바라보며 고개를 설레설레 내저었다.

"모, 몸은 괜찮으신가요?"

에멜리아가 얼굴을 붉히며 묻자 지온은 고개를 끄덕였다.

"시공간을 넘어서 사건을 저지르다니 지온, 너답군."

"타나토스가 워낙 날뛰는 바람에 어쩔 수 없었어."

지온이 그렇게 말하자 이브의 얼굴이 어두워졌다. 지온은 작게 숨을 내쉬며 이브에게 다가가 그녀의 머리에 손을 얹었다.

"고마워."

"……."

이브는 지온의 손을 잡아 치우고는 고개를 돌렸다.

"대륙의 상황은 어때?"

"지온님이 대마수를 처리해 주신 덕분에 수습되고 있습니다."

역사상 손에 꼽을 수 있을 정도로 피해가 커다랬지만 지금은 평화적인 분위기 속에서 잘 수습되고 있었다. 빛의 교단은 흩어져 없어진 지 오래고 팬타리온과 여러 왕국은 힘을 합쳐 대륙을 다시 재건하고 있었다.

이 세계는 마수로부터 완전히 해방된 것이었다.

"잘 되었군."

"그렇지요?"

"근데, 내 옷 누가 갈아입힌 거야?"

에멜리아가 얼굴을 붉히며 조용히 손을 들었다. 지온은 어색한 침묵을 지키다가 입을 떼었다.

"아, 아무튼 여기는 걱정할 필요가 없겠지만……."

"지온, 타나토스의 일인가?"

"그래, 그 녀석…… 나의 고향으로 가버렸어."

지온이 그렇게 말하자 에멜리아가 지온을 바라보며 입을 떼었다.

"지온님의 고향이라면 전에 말씀해 주셨던 지구인가요?"

"그래. 내가 아끼는 모든 것을 파괴하겠다고 하더군."

"타나토스라면 충분히 그러고도 남는다."

이브는 턱에 손을 얹고는 그렇게 말했다. 지온의 표정이 굳어 심각해졌다.

"나는 타나토스처럼 차원을 넘을 수 없어. 멸망할 지구를 구할 수 없는 걸까?"

"음……."

지온의 얼굴이 절망으로 물들어가는 순간 이브가 고개를 들었다.

"한 가지 방법이 있다."

"방법?"

"타나토스는 사라졌지만 그가 가지고 있던 권능의 일부는 아직 이곳에 존재하고 있지. 어떤 보석의 형태로서 말이야."

지온의 눈이 크게 떠졌다. 지온 역시 잘 알고 있는 것이었다. 타나토스의 눈동자. 세 개로 갈라진 권능의 보석. 그것들 중 두 개는 아직 이 대륙에 있을 터였다.

"그것을 이용하면 차원을 넘을 수 있겠군."

지온의 눈동자가 희망으로 차올랐다. 에멜리아는 지온의

손을 잡으며 곁에서 함께 웃어주었다.

"제가 모두에게 말하겠습니다. 지온님의 일이라면 모두 크게 기뻐하며 들어줄 것입니다."

"나도 도와주도록 하지."

에멜리아와 이브가 그렇게 말하자 지온은 웃으며 고개를 끄덕였다.

지온이 무사 귀환했다는 소식이 퍼지자 사흐탄에서는 아주 큰 축제가 열렸다. 영웅이 된 지온을 찬양하기도 하고 그의 무용담을 각색해 연극을 하기도 했다. 보는 지온으로서는 조금 손발이 오그라들었지만 나쁘지 않은 기분이었다.

"이리스가 낙원을 움직여 수집에 나섰으니 곧 소식이 있을 것입니다."

에멜리아는 지온의 옆에서 그렇게 말했다. 이브는 지온의 옆에서 걸으며 아이스크림을 먹고 있었고 에멜리아는 지온과 걸음을 맞추고 있었다.

"저번에도 이렇게 걸었었지."

"예?"

에멜리아가 모르겠다는 표정으로 지온을 바라보자 지온은 입을 떼었다.

"팬타리온의 수도에서 네가 날 찾아냈었어."

"아……! 그, 그럼 그때 그분이 지온님……?"

"그리고 운석이 떨어져 내릴 때도 내게 달려왔지. 그때는 죽을 뻔했지만 덕분에 살았다."

에멜리아는 걸음을 멈추고 지온을 바라보았다.

"그때 그 검은 기사가 지온님이었군요."

"음? 아아……."

"제가 지온님을 막아서지만 않았어도……."

"아니, 그렇기 때문에 내가 여기에 있는 것일 수도 있어."

에멜리아는 지온의 모습을 기억하고 있었다. 그 말은 과거의 역사가 지금까지 이어졌다는 말이 된다. 아니, 어쩌면 지온이 이곳에 오기 전에도 이미 벌어진 일일 지도 모른다. 정해진 운명처럼 말이다.

"내 잠을 최초에 깨웠던 것도 너였겠군."

"음?"

"네가 나에게 오기 전에 느낄 수 있었거든."

이브는 무표정으로 지온을 바라보다가 다시 아이스크림을 먹기 시작했다. 벌써 세 개째 먹고 있는 이브였다.

지온의 모습은 모든 사람의 시선을 끌었지만 다가오는 자들은 없었다. 모두 지온을 배려해 주고 있었기 때문이다.

사흐탄에는 드워프뿐만 아니라 엘프의 모습 역시 심심치 않게 보였다. 엘프 여왕과 절친한 친우가 된 사흐탄의 공주처럼 사흐탄과 엘프는 공식적인 수교를 맺고 서로 도와가며 그렇게 발전해 나가고 있었다.

"이제 대륙엔 거대한 존재들은 없다. 일순간에 멸망하지는 않겠지. 하지만 늘 그랬듯 시간이 흐른 후엔 전쟁이 일어나고 사람들은 죽어갈 것이다."

"지온님 같은 영웅이 다시 평화롭게 만들겠지요."

지온은 부드럽게 웃고는 앞서 가기 시작했다.

"사흐탄의 먹을거리를 즐겨보자고."

"좋은 생각이다."

"그것도 좋겠군요."

이브의 어마어마한 식욕에 대해 소문이 퍼진 것은 바로 이때부터이다. 음식을 먹는 기세가 마치 드래곤을 상상하게끔 만든다고 해서 그녀를 드래곤의 식탐이라 부르기 시작했다.

타나토스의 눈동자를 찾는 작업은 빠르게 진행되었다. 이리스가 직접 나서고 각국의 대대적인 도움을 받아 일주일도 되지 않아 두 개의 조각이 회수되었다. 타나토스가 존재할 당시에는 황금빛을 내는 보석이었는데 지금은 그저 투명하게 빛날 뿐이었다.

"황궁 금고에 들어 있었다. 금고째로 묻혀버려 찾는 데 시간이 좀 걸렸어."

프레이가 그렇게 말하며 지온의 손을 꼭 붙잡았다. 프레이가 직접 지온에 방까지 와서 곱게 포장된 타나토스의 눈동자 조각을 지온에게 건네주었다.

다른 하나는 제국 쪽에서 이리스가 직접 낙원을 끌고 가서 발굴 작업을 벌인 덕분에 구할 수 있었다. 지온은 두 개의 조각을 책상 위에 올려놓았다.

주먹만 한 투명한 보석이 창문을 뚫고 들어오는 달빛을 받아 아름답게 빛났다.

"먼 길을 떠나겠구나."

"어떻게 아셨습니까?"

"어렸을 때부터 늘 넌 조용히 움직였지. 주위 사람을 아끼기 때문에 혼자 모든 것을 해결하려고 했어."

지온은 프레이의 말에 작게 웃었다. 그녀의 걱정하는 마음을 너무나도 잘 느낄 수 있었다.

"어디로 가는 거니?"

"이 대륙을 떠나 제 영혼의 고향으로 갑니다."

"영혼의 고향이라…… 아름다운 곳이겠구나."

"글쎄요. 전 이곳이 더 아름답다고 생각해요. 그곳에 모든 곳을 두고 왔지만 지금은 이곳을 떠나고 싶지 않은 마음이에요."

지온은 씁쓸하게 웃으며 테이블 위에 있는 술을 빈 잔에 따랐다. 독한 술 향기가 방 안으로 퍼졌다.

"오늘 갈 생각입니다. 아무에게도 말하지 마세요."

"혼자 떠날 생각이구나."

"아마 모든 일이 해결 된다면 돌아오는 것은 순식간일 겁니다. 어쩌면 내일 누님을 뵐 수도 있겠죠."

그렇게 말하며 지온은 술 한 모금을 마셨다. 지온 스스로 술을 마신 적은 이번이 처음이었다. 망설이고 있는 마음과 혼란스러운 마음을 가라앉히고 싶었기 때문에 마신 술이었다.

"잘 갔다 오렴. 팬타리온은 늘 널 기다리고 있단다."

프레이는 지온을 안아준 다음 지온의 이마에 키스를 해주었다. 먼 길을 가는 동생에게 힘이 되어주지 못하는 자신을 탓하는 그녀였다.

프레이는 술잔을 든 지온을 바라보다가 조용히 지온의 방에서 나갔다. 지온은 그녀가 나가자마자 술잔을 단숨에 비우고는 두 개의 조각을 손에 쥐었다.

두근!

용의 흉터가 반응하며 조각에 깃들어진 권능을 흡수하기 시작했다. 한정적인 권능이기 때문에 사용할 수 있는 횟수는 단 두 번이었다.

한 조각당 한 번.

실수는 용납할 수 없었다.

"고향이라…… 무거운 마음으로 귀향길에 오른다는 것이 아쉽군."

딱히 챙길 짐도 없었다. 옷 위에 로브 하나를 걸치고 창문을 열었다. 밤 사막을 가르는 바람이 불어 닥쳤다. 싸늘하게 식은 바람은 제법 시원해 지온을 잠시 미소 짓게 만들었다.

"가볼까?"

지온은 그대로 창문 밖으로 몸을 던졌다. 빠르게 떨어져 내려가다가 지면과 닿을 때쯤 몸을 회전시켜 간단히 착지했다. 지온은 로브자락을 털고는 조용히 궁 밖으로 나가기 시작했다.

"지온 대장님?"

보초를 서고 있던 병사가 지온을 발견하자 지온은 손가락을 자신의 입에 가져다 대며 조용히 하라고 지시했다. 병사는 눈을 깜빡이다가 고개를 끄덕이고는 주춤거리며 길을 비켜주었다.

"산책을 좀 갔다 올 것이다. 아침까지는 돌아오도록 하지."

몰래 나갈 수 있었지만 지온은 병사에게 그렇게 말하며 스스로 귀환을 다짐했다. 게다가 자신이 없어진 것을 알고 걱정하는 이들을 안심시키는 정보이기도 했다. 잠시 개인적인 용무로 자리를 비운 것처럼 한 것이다.

지온은 궁전을 나오고 도시 안으로 내려서자마자 바닥을 박차며 빠르게 날아올랐다. 잔상을 그리며 뻗어 간 지온의 몸이 단숨에 도시 밖으로 이동했다.

도시 밖으로 이동한 지온은 작게 숨을 내쉬며 도시의 야경을 바라보다가 고개를 돌렸다.

"시작하자."

지온은 정신을 집중하며 마법진을 구축하기 시작했다. 손에 들린 조각 하나에서 빛이 나며 바닥에 마법진이 새겨지기 시작했다.

용의 흉터가 톱니바퀴 돌아가듯 일렁이기 시작했다. 지온은 길게 호흡을 한 후에 손에 든 조각을 부수었다.

콰아아아아!

보라색 빛이 뿜어져 나오며 공간이 갈라지고 더 나아가 차원의 틈새가 벌어졌다. 지온이 망설임 없이 몸을 던지려 한 순간 갑자기 뒤에서 나타난 기척에 멈칫했다.

"이제 가는 건가?"

"조금 늦었군요. 지온님."

지온의 뒤에 텔레포트를 한 것은 이브와 에멜리아였다. 지온은 고개를 돌려 그녀들을 바라보았다. 이브와 에멜리아는 단단히 준비한 듯 짐을 가득 등에 메고 있었고 제법 편한 차림이었다.

"이브? 에멜리아?"

"자, 가자."

"기대되는군요. 지온님의 고향을 직접 볼 수 있으니 말이에요."

지온은 눈을 깜빡일 수밖에 없었다. 어떻게 안 것인지 모르겠다는 표정을 짓다가 프레이에게 생각이 미치자 작게 한숨을 내쉬었다.

"날 곱게 보내주지 않을 줄은 알고 있었는데 말이야."

"설마 혼자 가시려고 했던 건가요?"

에멜리아의 눈이 날카롭게 뜨이자 지온은 피식 웃으며 손짓했다. 이브는 지온을 지나쳐 먼저 틈 속으로 들어가 버렸다. 지온이 에멜리아에게 손을 뻗자 에멜리아는 미소를 지으며 지온의 손을 잡았다.

"어쩔 수 없지. 가자, 지구로."

"네!"

차원의 틈새가 닫히기 직전 지온과 에멜리아가 틈새 안으로 들어갔다.

휘이이잉!

사막에 바람이 불며 모든 흔적이 사라져버렸다. 밤의 사막은 여지없이 고요하기만 했다.

*　　　*　　　*

차원의 틈새는 일방통행이었다. 수압이 강한 호스처럼 한쪽 방향으로 밀어내는 작용을 하였다. 도착 지점은 지온이 강하게 염원한 바로 그 지구였다.

원통 모양의 통로 밖에는 우주 공간이 그대로 보였다. 많은 차원과 우주, 그리고 은하가 순식간에 스쳐 지나갔고 이윽고 지온이 살았던 태양계가 모습을 드러냈다.

"시, 신기하군요. 저것이 지구인가요?"

"제법 아름다운 행성이군."

푸른 별 지구가 눈앞에 보였다. 긴 차원의 통로는 지구와 연결되어 있었다. 지온과 이브, 그리고 에멜리아의 몸은 통로 안에서 붕 뜬 채로 빠르게 지구로 빨려 들어가듯 그렇게 나아 갔다.

"충격에 대비해!"

지구의 푸른 하늘을 수놓으며 불길이 치솟았다. 차원의 통로가 녹아내리며 그들의 모습이 상공에 나타났다. 빠른 속도로 떨어지기 시작하자 지온이 정신을 집중하며 입을 뗐었다.

[날아라.]

후우우!

지온은 에멜리아를 잡고 그대로 날아올랐다. 이브는 따로 신경을 쓰지 않아도 지온의 뒤를 잘 따라오고 있었다.

"여기가 지구인가요?"

"그래!"

"지, 지온님 저, 저건 뭔가요? 새인가요?"

"응?"

지온의 눈이 크게 떠졌다. 바로 정면에서 날아오는 것은 커다란 비행기였다. 이브가 눈을 깜빡이며 비행기를 바라보더니 손에 든 지팡이를 들었다.

"파이어……."

텁!

"읍?!"

지온이 이브의 입을 막고는 빠르게 위로 날아올랐다.

휘이이이!

비행기의 날개가 지온을 아슬아슬하게 스쳐 지나갔다.

창문에 비치는 사람들의 모습을 보더니 에멜리아가 검에 손을 가져다 대었다.

"저건 운송 수단이야! 마차랑 비슷한 거지."

"낙원과 비슷한 거란 말이군요?"

낙원도 하늘을 나는 비정상적인 도시이니 저런 모양의 운송 수단이 있다는 것도 수긍한 모양이었다. 하지만 신기한 것은 어쩔 수 없다는 듯 에멜레아는 호기심 어린 눈으로 비행기를 바라보았다.

지온은 창문 안에 보이는 소년에게 손을 흔들었다. 그러자 소년의 입이 떡 벌어지며 기절해버렸다.

"흠…… 단순한 기계인가? 대단한 기술력이군."

이브는 비행기 위에 서서 지팡이로 두드려보더니 감탄하였다. 이브는 흥미를 나타내며 해부라도 할 기세였다. 지온은 빠르게 날며 이브를 낚아채고 지상을 향해 비행하기 시작했다.

지온은 일단 눈에 보이는 지상에 착륙하려고 했다. 지온의 눈에 들어온 것은 빌딩 숲을 자랑하는 도시였다. 현대적인 도시의 모습에 지온은 마음 한쪽이 뭉클한 것을 느꼈다.

돌아온 것이다. 드디어 지구로 돌아온 것이다. 아무 걱정 없이 돌아온 것이라면 좋겠지만 지구에 왔음에도 거대한 적이 있다는 것이 안타까웠다.

빠른 속도로 떨어지다가 높은 건물의 옥상 위에 착지한 지온은 난간에 서서 펼쳐진 도심의 모습을 바라보았다.

"이곳은……."

지온의 눈을 잡아끄는 낯익은 단어.

바로 영어였다.

"뉴욕…… 난생처음 해외여행이군."

지온은 어깨를 으쓱하며 뉴욕의 풍경을 바라볼 뿐이었다. 일단 거리에 내려섰다. 대기의 마력은 제법 탁하고 농도가 옅었지만 그럭저럭 마법 사용에는 문제가 없어 보였다. 다만 마력 회복이 몇 배는 더 느릴 것이 분명했다.

"이곳이 지온님이 사시던 곳인가요? 신기하군요. 저런 형식의 마차라니……."

"내가 살던 나라는 아니지만, 지구 최고의 강대국이라 불려도 손색이 없는 나라야."

에멜리아는 신가한 듯 계속해서 사람들과 자동차 그리고 여러 건물을 바라보았다. 이브가 인식을 방해하는 마법을 걸어 시선이 모이지는 않았다.

"음? 저건 뭐지?"

어느 사람이 손에 들고 있는 햄버거를 보더니 이브가 심각한 표정으로 지온에게 물었다.

"햄버거야. 그리고 저건 콜라지."

"오…… 재미있는 이름이군?"

"돈이 없다는 것이 아쉽기는 하지만……."

돈이 없다는 것은 저것을 사 먹지 못한다는 말이었다. 이브는 안타까운 눈으로 지온을 바라보다가 고개를 끄덕였다.

"그렇지. 음식을 사는 것에는 정당한 대가를 내야 한다."

"이곳의 검사들인가요? 대단한 근육이군요."

영화 포스터를 보며 감탄하는 에멜리아였다. 지온은 피식 웃고는 품에서 자그마한 보석 하나를 꺼냈다.

"뭐, 대가를 지급하면 괜찮지 않을까?"

"음, 그렇군."

지온의 말에 이브가 만족한 듯 고개를 끄덕이며 대답했다. 직원의 사고를 조작해 모든 물건을 공짜로 얻을 수 있는 지온이었지만 음식에 한해서만큼은 이브의 의견을 따르기로 했다.

패스트 푸드점에 들어가 간단한 환영 마법을 건 다음 햄버거 세트 여러 개를 시켰다. 직원의 돈으로 결제한 것이지만 그보다 더 값이 나가는 보석을 넣어주는 것도 잊지 않았다.

"음, 괜찮군."

"상당히 특이한 맛이군요."

콜라의 톡 쏘는 맛이 제법 마음에 든 이브였다. 에멜리아 역시 괜찮다는 표정을 지었다.

"지온, 이제 어떻게 할 거지?"

"타나토스와 지오프를 찾아야지."

에멜리아와 이브 역시 지오프의 영혼이 지구에 있다는 것을 알고 있었다. 에멜리아로서는 살짝 혼돈이 오는 개념이긴 했지만 그녀는 지금의 지온이 더욱 소중하다고 생각하고 있었다. 그녀는 확실히 믿고 있었다. 과거의 지온이 지금의 지온이라는 것을 말이다.

"지오프의 존재는 대충 어디 있는지 알 것 같아."

그렇게 말하며 지온은 한국을 떠올렸다. 그의 예상이 맞는다면 지오프는 한국에 있을 것이 분명했다.

"타나토스는 어디에 있는 걸까요?"

"지구에 있어. 분명히."

지온은 느낄 수 있었다. 어떤 기척도 마력의 흐름도 느껴지지 않았지만 묵직한 존재감이 지구의 대기에 조금씩 스며들어 있었다. 걱정되는 것은 타나토스가 지온보다 지구에 먼저 도착했고 그 시간대 역시 앞서 간다는 점이었다. 하지만 아직 지구에 특별히 비정상적인 파괴가 없는 것으로 보아 타나토스 역시 회복에 전념하고 있음이 예측되었다. 아니면 지온의 예측 범위 밖의 일을 꾸미고 있거나 말이다.

'그렇다고 하더라도 온전하지는 않겠지.'

육체 없이 차원을 넘은 것이었다. 육체가 없으면 마력 또한 없으니 영혼력을 소모할 수밖에 없었다. 부족한 영혼력을 모으는 유일한 방법은 영혼을 흡수하는 일뿐이었다. 그것도 제법 공을 들여 말이다.

"타나토스는 지오프의 영혼을 흡수 할 수 있을 상태가 될 때까지 지오프를 위협하진 않을 거다. 오히려 자신이 타격당할 위험이 있지. 우리가 생각보다 늦은 시간대에 온 것 같지는 않군."

차원 이동을 할 때 대략적인 시간대를 정할 수는 있지만 근소한 차이는 어쩔 수 없는 것이었다. 특히나 자신이 속해 있지 않은 시간대로의 이동은 도박에 가까웠다.

"일단 이곳에 좀 더 머물면서 방법을 찾아야겠어."

타나토스의 위치를 알아낸다면 좋겠지만 타나토스는 만만한 상대가 절대 아니었다. 분명 자기의 안전을 위해 할 수 있는 모든 준비를 해놓았을 것이다.

"어렸을 때 지구방위대가 되는 것이 소원이었는데 결국 그 소원을 이루고 말았군."

타이츠는 안 입지만 어쨌든 지온은 지구를 위기에서 구하려고 하고 있으니 말이다. 타나토스가 어떤 식으로 지구를 파멸로 이끌지는 모르겠지만 그의 존재가 지구에 있는 이상 지구는 분명 멸망한다.

"음, 지온 저건 뭐지?"

"응?"

이브가 건너편에 있는 피자집을 보며 말하자 지온은 눈을 깜빡이다가 살짝 헛웃음을 내뱉고 말았다. 햄버거 소스를 입에 묻힌 채 오물거리는 모습은 제법 귀여웠다.

그러고 보니 이브는 에멜리아보다 어려 보였다. 아직 여인보다는 소녀의 느낌이 더해 그간 성장한 지온의 동생쯤으로 보일 정도였다.

'에멜리아가 언니 같군.'

조용히 휴지로 이브의 입가를 닦아주는 에멜리아를 보며 고개를 끄덕인 지온이었다.

제3장

수상한 단체

SAVER
섬광의
세이버

이브와 에멜리아가 가지고 온 짐은 상당했다. 여러 가지 마법적 재료부터 도검, 보석까지 그 범위가 상당히 광범위했다. 아예 신분 자체가 없었기에 합법적으로는 필요한 생활비를 구할 수 없어 살짝 마법을 써서 보석과 달러를 교환하였다. 그 후부터 순조롭게 머물 곳을 구했고 조금 사치를 부려도 될 만큼 많은 수입이 생겼다.

재물이라는 것에 이브가 흥미를 느낀 것도 그때 즈음이었다. 지구에는 워낙 신기한 것이 많아서인지 모든 것을 닥치는 대로 연구하고 몰두하는 그녀는 거의 잠을 자지 않을 정도였다.

지구로 온 지 이주일 정도가 지나자 이브는 이미 지구가 돌아가는 시스템에 대해 파악한 듯 보였고 에멜리아는 손수 직접 발로 뛰어가며 신기한 문물들을 경험해보고 있었다.

　지온과 에멜리아는 현재 이브에게 용돈을 받아 생활을 하기 시작했다. 어떻게 구했는지는 모르지만 이브의 자금은 지속해서 불어났고 지금에 와서는 지온은 그 규모조차 상상할 수 없었다.

　"음……."

　지온은 정신없이 돌아다니며 수상한 것들을 파악하려고 애썼고 최근에는 그 성과가 미세하지만 있기는 했다.

　"하지만 너무 광범위해."

　이런 식으로 수색하다가는 끝이 없을 것 같았다.

　"음, 나쁘진 않군."

　이브는 어디서 구해왔는지 알이 없는 뿔테 안경을 쓰고는 노트북을 두드리고 있었다. 상당히 복잡한 작업을 하고 있는 터라 지온으로서도 그녀가 하는 일을 파악할 수 없었다.

　"계속 궁금했는데 뭘 한 거야?"

　"컴퓨터와 마법을 접목하는 것은 어렵지 않다. 계산식을 이진법으로 바꾸고 마력을 전기로 대체하는 데 조금 시간이 걸린 것뿐이다."

　"이브…… 너 천재였구나?"

　"인간의 육체를 지니고 있긴 하지만 난 마룡이었다. 두뇌 자체가 인간과 비교할 수 없지. 이 신체 역시 마찬가지다."

확실히 이브는 인간의 기준으로 보면 천재가 맞았다. 그것도 인간이 결코 닿을 수 없는 영역에 있는 천재말이다. 그녀는 그동안 쓰지 않은 자신의 두뇌를 마음껏 쓸 수 있다는 것에 대해 쾌감을 느끼고 있는 모양이다.

망각이 없는데다가 인간의 사고력을 아득히 넘어서는 두뇌는 역시 마룡의 것이었다. 인간의 육체로 구성이 되었다고는 하나 근본 자체가 달랐다.

"필요한 것은 모두 장악했다."

"필요한 것?"

"이곳에 살기 위해 필요한 모든 것 말이다."

"언제?"

지온이 묻자 이브는 안경을 벗으며 지온을 바라보았다.

"네가 쓸데없이 지구 곳곳을 들쑤시고 다닐 때 말이다. 나는 머리로, 에멜리아는 몸으로 뛰었지. 협박은 어렵지 않았다. 지구인들은 오컬트적인 것에 약하더군."

"하하…… 그, 그렇구나."

지온은 그냥 모른 체 넘어가기로 했다.

"다녀왔습니다!"

방문이 열리고 에멜리아가 들어왔다. 품에 이브가 좋아할 만한 음식들과 쇼핑백을 가득 품고 있었다. 에멜리아는 쇼핑백 몇 개를 지온에게 건넸다.

"지온님께 어울릴 것 같아서 샀습니다. 백화점이라는 곳은 대단하더군요! 지온님 것과 비슷한 핸드폰도 샀습니다!"

에멜리아가 내민 것은 초창기의 스마트폰이었다. 지온이 구입한 스마트폰은 저것으로부터 몇 세대 정도 뒤의 것이었다.

"흠, OS 자체는 개선의 여지가 있군."

이브는 에멜리아의 스마트폰을 바라보다가 노트북에 연결하더니 이것저것 하기 시작했다.

"지온님, 한번 입어보세요!"

옷을 건네는 에멜리아의 표정은 상당히 밝았다. 얼음장 같았던 그 총사령관이라고는 도저히 상상할 수 없을 정도였다. 에멜리아의 생기있는 표정에 지온은 미소 지을 수밖에 없었다.

"이, 이렇게 있으니 부, 부부 같지 않나요?"

"으, 응."

지온은 살짝 얼굴을 붉히고는 뺨을 긁적였다.

에멜리아는 지구 생활이 제법 즐거웠다. 마치 처음부터 다시 시작하는 느낌이 그녀를 열정적으로 만들었다. 모든 것을 떠나 지온과 보낼 수 있었기에 더더욱 그랬다.

"괜한 걱정이었군."

지온은 피식 웃으며 그렇게 말했다. 환경이 달라지면 인간은 보통 힘들어하게 된다. 그것이 아예 차원 단위로 달라지면 더욱 그럴 것이다. 하지만 에멜리아와 이브는 역시 보통 인간이 아니었다. 오히려 지온보다 더 잘 적응하여 취미생활까지 할 정도였으니 말이다.

지온은 지구 생활에 조금 어색함을 느끼고 있었다. 압도적인 힘을 지니고 있기 때문인지 예전과는 달리 행동 하나하나를 조심스럽게 하게 되었다.

"알아낸 것은 있어?"

지온은 이브를 바라보며 입을 떼었다.

"4년 전에 기이한 형태로 유성우가 낙하했다더군. 그 후로 지구에서 있을 수 없는 비정상적인 현상 또한 일어난 모양이야. 자세한 건 좀 더 깊숙이 들어가 봐야 알 것 같다. 정부에서도 숨기는 기밀이라더군. 이걸 봐라……."

이브의 설명이 이어졌다. 이브는 능숙하게 노트북을 조작하여 여러 화면을 스크린에 띄웠다. 이쯤 되니 이브가 할리우드 영화에서나 나오는 요원 정도로 보였다.

"운석 충돌로 수백 명 사상, 돌연변이 관측되고……."

지구 종말론으로 들썩이던 해가 있었던 기억이 난 지온이었다. 확실히 지온의 기억 상 이러한 사건들은 간단하게 뉴스에 언급되어 스쳐 지나갈 정도일 뿐이었다.

"이브, 내가 수상하다고 생각했던 것도 짐작하고 있었겠네?"

"물론이다."

지온이 수상하다고 생각했던 것은 어느 단체였다. 단지 단체라 부르기에는 이미 너무나 광범위하게 퍼져 마치 빛의 교단을 보는 듯한 그런 단체였다. 검은 구원이라 불리는 이 집단은 4년 전부터 싹트기 시작하여 지금에 이르러서는 여러 사회계층에 스며들었을 뿐만 아니라 정치권에까지 손이 닿는 거대한 집단으로 변모했다.

지구에 있었던 당시 지온은 단지 사이비 종교라 생각했었지만 한국에서도 상당히 많은 신자가 있을 만큼 유명한 단체였다. 게다가 이름만 들어도 알 법한 기업들이 후원해 주고 있어 그 위세는 날이 갈수록 거대해졌다.

"은폐된 사건들이 많다. 주로 실종 사건과 비과학적인 사건이 많이 연루되었지. 요즘 일어나는 테러 행위는 그 단체의 짓일 가능성이 크다. 정치적 상황, 얽혀 있는 이해관계, 여러 가지 자금의 유통으로 봤을 때 말이야."

단시간에 방대한 지식을 쌓은 이브가 존경스러워 보이기까지 했다. 그녀의 주위에는 각종 전문 서적이 즐비하게 쌓여 있었고, 메모지가 가득 붙어 있었다.

지온은 고개를 끄덕이고는 작게 숨을 내쉬었다.

"놈의 수법이랑 비슷하군. 모든 것을 조종하고 기만하며 절망시키는 짓……."

그렇게 말한 지온의 얼굴이 굳어졌다. 절망이 지구에 내려앉아 있었다. 지온은 앞으로 벌어질 일이 지구에 커다란 변화를 줄 것을 예감했다.

지온은 이 단체에 대해 좀 더 면밀히 알아볼 필요성을 느꼈다. 이 단체의 중심에 타나토스가 있을 수도 있었기 때문이다. 아니, 그는 어쩌면 더욱 높은 곳에 있을 가능성이 컸다.

"좋은 소식이라고는 아직 지오프의 신변에 어떠한 이상도 없다는 것뿐이군. 아직 발견하지 못한 것 같다. 아니면 한 발짝 물러서서 지켜보고 있는 것인가?"

이브는 그렇게 말하며 노트북을 닫았다. 타나토스의 행동을 예측하는 것은 이브로서도 힘든 작업이었다. 작게 숨을 내쉰 이브가 손가락을 튕기자 냉장고에서 아이스크림이 빠져나와 그녀의 손에 들려졌다.

이브의 식욕은 지구에 와서 더욱 늘어난 감이 있었다. 몇 박스 씩 쌓여 있는 간식들은 빠르게 그 부피가 줄여졌다. 달콤한 것을 무척이나 좋아하게 된 이브였다.

"부럽군. 그 살 안 찌는 체질이……."

에멜리아는 작게 한숨을 내쉬며 그렇게 중얼거렸다. 지온은 분한 듯한 에멜리아의 모습을 보며 작게 웃었다. 둘 사이가 부쩍 친해져서 이제는 자매를 보는 것 같았다.

지온이 에멜리아가 건네는 커피 잔을 들고 막 TV를 켤 때였다.

콰앙! 쨍그랑!!

폭발음과 함께 집 안의 유리창이 깨져나갔다. 하지만 비명을 지르는 이는 없었다. 이브는 엉망이 된 가전제품을 보며 눈썹을 꿈틀거렸고 요리를 준비하던 에멜리아는 재료에 유리 조각이 꽂히자 작게 한숨을 내쉬었다.

"폭발인가?"

지온은 살짝 고개를 갸웃했다. 보통 폭발 전에 감지하여 대비를 했을 터였다. 그러다 이곳이 지구임을 알고 고개를 끄덕였다. 아무리 지온이라고 하더라고 마력적인 폭발이 아닌 화약을 이용한 폭발은 폭발 전에 감지할 수 없었다. 그걸 감지하는 일은 거의 미래를 본다고 해도 무방한 일이었다.

"폭탄이라는 거겠지. 저길 봐라."

"저긴 제가 다녀온 백화점입니다."

이브가 가리킨 곳을 에멜리아가 바라보며 그렇게 말했다. 뉴욕에서 제일 큰, 아니 세계에서 제일 크다고 소문난 백화점이었다. 코리아타운과 가까운 곳에 있어 지온이 지나가며 자주 보던 백화점이기도 했다.

그런 백화점에서 화염이 솟구치고 있었다. 제법 멀리 떨어진 곳에 있었지만 지온의 눈에는 너무나도 또렷하게 잘 보였다.

"테러인가?"

"흥미롭군. 데이터 상으로 볼 때 이런 식의 무차별 테러가 급증하고 있다."

"뭐, 미국도 나름의 사정이 있는 것일까? 그건 그렇고 이상하리만큼 마력 유통이 없군. 이렇게 되면 추적이 막막한데……."

"우리가 올 것을 대비해 특수한 방법으로 마력 유통을 숨기는 것 같다. 타나토스를 이토록 몰아붙인 인간은 네가 처음이다."

"저쪽 세계에서 소멸시켰어야 했어. 내 실책이야."

안타까운 마음이 들었다. 그를 없애지 못했기 때문에 지구가 이토록 위험해진 것이었다. 자신의 불찰로 인해 지구가 멸망할 수도 있다.

무슨 일이 있어도 막아야만 했다.

지온은 얼굴을 굳히며 유리조각이 들어간 커피 잔을 내려놓고 입을 떼었다.

[복구돼라.]

상당한 마력이 빠져나가고 주위는 폭발 전으로 복구가 되었다. 살짝 지끈거리는 머리를 부여잡은 지온이었다. 용언은 분명 절대적인 힘이긴 하지만 그만큼 막대한 대가를 요구했다. 지온은 넘쳐나는 마력으로 대가를 대신하는 중이었다.

"용언 사용이 제법 능숙해졌군. 보통 일반 드래곤은 수명을 대가로 용언을 사용하지. 마력으로 그것을 충당하는 너는 가히 독보적이라 할 수 있다."

"그런가. 타나토스에게도 먹히는 걸 보면 마법 위에 군림하는 법칙 외 권능이 확실하긴 해."

그런 담화를 나누고 있을 때 주변은 무척이나 시끄러워졌다. 경찰차와 소방차 그리고 헬기까지 뜨며 백화점 주변을 가득 메우고 있었다. TV를 켜니 연이어 속보로 이 소식을 내보내고 있었고 주위 도로는 순식간에 통제되었다.

"지온, 이건 보통 테러가 아닌 것 같군. 미세하지만 마력이 느껴진다."

"하! 화려하게 저지르는군. 살펴보고 와야겠어."

"에멜리아와 함께 너의 뒤를 지원하겠다."

지온은 고개를 끄덕이고는 창문을 열었다. 지온은 창틀을 박차며 위로 치솟았다. 높은 건물의 옥상에 가볍게 착지한 다음 빠르게 뛰었다.

잔상을 그리는 빠르기였다. 일반 시민이 보았다면 입을 떡 벌리고 멍하니 바라볼 것이 분명했다. 그 정도로 지온의 움직임은 이곳 지구에서 비현실적이었다.

지온은 건물의 옥상에 멈춰 서며 불길이 번지기 시작한 백화점을 바라보았다. 소방헬기가 물을 뿌리고 있었고 소방차들 역시 마찬가지였지만 진입하지는 못했다.

타다다다당!

백화점에서 뿜어진 총격이 경찰차들을 때렸다. 소방헬기가 총격에 다급히 뒤로 빠지는 것이 보였다.

"목적이 뭐지?"

일반적인 테러리스트는 분명 아니었다. 마력을 사용한다는 것 자체가 그것을 의미했다. 타나토스와 어떻게든 연관이 있어 보였다. 이 사건은 타나토스를 추적하는 중요한 실마리였다.

"미세한 마력의 움직임……."

무심코 지나칠 정도였다. 자연적인 마력 흐름으로 착각할 정도로 굉장히 미세한 움직임이었다.

콰아아앙!

경찰들도 속수무책이었고 영화에 자주 등장했던 특수부대 따위가 투입되어도 뚜렷한 해결 방법이 없어 보였다. 테러리스트는 어떠한 요구조건도 없이 마구잡이로 총탄을 난사하고 백화점을 파괴하고 있었다.

백화점 안에는 쇼핑하던 사람들이 무척이나 많이 갇혀 있었다. 세계 최대의 백화점답게 안에 갇혀 있는 사람들 숫자도 많았다. 잘하면 역사적으로 길이 남을 막대한 희생이 될 수도 있었다.

"내가 이곳에 있어서 다행이군."

본격적으로 무언가를 벌이려는 때에 아주 적절히 잘 온 것 같았다. 지온은 마스크로 얼굴을 가리며 백화점을 바라보았다. 딱히 갑옷을 소환해서 싸울 상대가 있다고는 생각하지 않았다.

전차 포탄 정도가 되면 모를까 총탄 정도야 지온이 내뿜는 마력장을 뚫지 못할 것이다. 대인 살상용 무기는 지온에게 어떠한 상처도 입힐 수 없었다.

지온이 발을 구르자 몸이 순식간에 치솟으며 백화점을 향해 나아갔다.

두드드드드!

헬기의 옆을 아슬아슬하게 스쳐 지나갔다. 헬기의 조종사가 깜짝 놀라 지온을 바라보려 했지만 지온의 몸이 순식간에 사라졌다. 헛것을 본 것이 확실하다고 생각한 헬기 조종사였다.

단숨에 백화점 옥상으로 진입한 지온은 치솟는 검은 연기 사이를 걸었다.

옥상에 있던 여럿이 지온의 모습을 보자 총을 겨누며 망설임 없이 쏘아댔다.

타다다다다!!

화염을 뿜으며 많은 총탄이 지온의 몸을 난자하기 위해 뻗어왔다. 지온은 피하지 않고 손을 뻗어 푸른 장검을 생성해냈다.

백색의 오러는 이제 찾아볼 수 없었다.

푸른 오러는 결합의 결과물이었다.

검의 마수와 마룡, 그 둘의 마력이 섞여 아주 밝은 푸른빛을 내뿜는 오러의 검이 탄생하였다. 본래 두 대마수의 기운 자체가 서로의 존재를 용납할 수 없었을 테지만 용의 흉터는 그것을 가능케 했다. 그렇기에 타나토스가 자신을 봉인하면서까지 탐낸 것이었다.

지온은 자신의 인지를 넘어선 자신의 힘에 두려움이 생기면서도 묘한 흥분을 느꼈다. 누구도 어찌하지 못할 강자가 된다는 일은 너무나도 흥분되는 일이었지만 그만큼 짊어져야 할 것들이 많았다.

지온은 그것을 알기에 전처럼 타락하지 않았다. 타나토스의 유혹도 지금이라면 능히 견딜 수 있을 것이다.

"무, 무슨?!"

"뭐야, 저건!"

지온의 육체를 박살 내기 위해 쏘아졌던 총탄은 지온의 바로 앞에 그대로 멈춰서 있었다. 이런 말도 안 되는 광경에 테러리스트들은 놀라며 주춤거렸다.

지온이 긴 장검을 서서히 들자 총탄이 후두둑 하고 바닥에 떨어졌다.

"쏴! 쏴버려!"

"으아아아!!"

총탄의 소나기가 내린다. 하지만 지온은 그곳에 없었다. 테러리스트들이 인지하지 못하는 사이 이미 그들을 스치고 지나갔다.

한 줄기 바람이라고 불려도 손색이 없는 움직임이었다.

"어?"

"뭐……."

피 분수가 뿜어지지 않았다. 단지 베어져 넘어질 뿐이었다. 지온이 검 끝을 바닥에 내리자 주위의 모든 테러리스트가 바닥에 쓰러졌다.

영혼까지 베어버린 참격은 테러리스트들의 목숨을 가볍게 가져갔다.

"나도 정상이 아니군."

무장한 테러리스트들을 아무렇지도 않게 베어버리는 자신의 모습이 조금은 씁쓸하긴 했다. 하지만 그간 지온이 겪은 전장은 이보다 더 무정한 것이었다. 냉정할 때 냉정해지지 않으면 희생이 커진다는 것을 알려주었다.

지온이 망설이는 일은 없을 것이다.

지온은 들고 있는 검으로 바닥을 둥그렇게 베었다. 바닥에 두부처럼 잘려나가며 지온의 몸과 함께 밑으로 떨어졌다.

콰앙!

화염에 둘러싸여 있는 층에 내려섰다. 주변에 사살당한 사람들이 보이자 지온의 표정이 어두워졌다. 민간인을 학살해버린 것이다.

많은 시체를 보았지만 시체는 볼 때마다 지온의 마음을 무겁게 만들었다. 특히나 아무것도 모르는 민간인들의 죽음은 말이다. 모두 자신이 죽인 것만 같은 느낌이 들었다.

"이쪽인가."

피해를 막기 위해서라도 빠르게 사태를 해결할 필요성을 느꼈다. 지온은 화염 사이를 달리며 아래층을 향해 나아갔다.

지온의 눈이 날카롭게 빛난 것은 그 순간이었다. 작동이 멈춘 에스컬레이터에 서 있는 테러리스트들을 단숨에 베어 넘겼다.

화염이 없는 실내로 진입하자 무릎을 꿇고 웅크리고 있는 수많은 인질의 모습을 확인할 수 있었다. 인질들에게 추악한 짓거리를 하는 테러리스트들의 모습도 확인되었고 마력의 움직임 또한 읽을 수 있었다.

'뭔가 만들고 있다.'

권총을 휴대한 테러리스트가 제법 커다란 사각형의 기계에 무언가를 입력시키고 있었다. 그것에 전력을 공급하는 발전기 또한 있었고 그것의 중심에는 작은 보석이 자리 잡고 있었는데 그것이 마력을 품고 있었다.

'찾았다. 타나토스의 것이군. 무엇을 하려는 거지?'

테러리스트들은 붉은 액체로 한 층을 가득 메울만한 마법진을 그리기 시작했다. 중간 중간에 지온으로서는 알 수 없는 기계들을 배치하고 있었다.

지온은 마법진을 해석해 보려고 했지만 일반적인 마법진이 아니라 해석이 불가능했다. 머릿속에 있는 지식을 열어보아도 알 수 없는 형태의 마법진이었다.

이브의 도움이 필요했다. 마력을 일으키며 정신을 집중했다. 영혼과 연결되어 있기에 약간의 마력과 정신력이 있다면 언제든 이브와 의사를 나눌 수 있는 지온이었다.

"이브, 들리나? 도움이 필요해."

[음, 시각 정보를 공유해라.]

지온은 바닥에 간단한 마법진을 손가락으로 그렸다. 보라색 빛이 손가락에 스며드는 것을 본 지온은 자신의 눈꺼풀 위에 손가락을 살짝 가져다 대었다.

[흥미롭군.]

"내가 알지 못하는 마법이야."

[일반적인 마법은 아니다. 아마 이쪽의 과학이라는 것과 마법을 접목하도록 시킨 것 같다. 내가 했던 것처럼 말이지. 마력 유통이 극히 적은 것도 아마 그 때문일 거다.]

지온은 살짝 고개를 끄덕이며 테러리스트를 바라보았다.

[해석해 보겠다.]

"그동안 난 녀석들을 처리하도록 하지."

[우두머리로 보이는 녀석은 남겨 놓아라. 뇌를 연구해 봐야겠어.]

"이제 해부학도 배운 거야?"

지온은 그렇게 말하며 잠시 숙이고 있던 몸을 일으켰다. 테러리스트의 숫자는 상당히 많았다. 이 정도 규모의 백화점을 박살 내려면 아무래도 상당한 인원이 필요하긴 했다.

지온은 일부러 모습을 드러내며 여유롭게 그들을 향해 손을 흔들었다.

"누구냐!!"

"이, 이상한 검을 들고 있다!"

"느낌이 안 좋아! 쏴버려!"

지온은 주위의 인질들을 파악했다. 그리고 인질들에게 위협이 될 만한 테러리스트부터 처리하기로 했다. 안타깝지만 지온은 이들을 결코 살려주지 않을 작정이었다.

서걱!

검을 휘젓는다. 뿜어져 나간 푸른 섬광이 기둥을 가르고 총을 든 테러리스트 여럿의 육체를 갈랐다. 검이 단지 근거리 전용이라는 공식을 깨어버린 일이었다.

말도 안 되는 공격에 테러리스트들은 어안이 벙벙해졌다. 잘린 기둥을 보는 순간 그들은 두려움에 몸을 떨기 시작했다.

괴물이다.

저것은 괴물이 분명했다. 테러리스트들은 침을 꿀꺽 삼키며 지온을 바라보았다.

"미, 미친 저게 가능해?"

"쏴라! 쏴! 죽여버려!"

그들이 방아쇠를 당길 틈을 주지 않았다. 잔상을 그리며 여기저기 나타난 지온은 총을 간단히 조각내 버리고 테러리스트들을 날려버렸다. 너무나도 빠른 움직임에 마치 분신술이라도 쓰는 것 같았다.

"크아악!"

십여 명의 테러리스트가 바닥에 쓰러졌다. 자신이 어떻게 쓰러졌는지조차 인식하지 못한 채였다. 지온은 테러리스트들 가운데 우두머리를 찾았다.

"너로군."

무장하고 있는 이들과는 다르게 약간 고풍스러운 복장을 하고 있는 중년의 남자가 보였다. 그 남자는 지온을 보며 덜덜 떨다가 품에서 목걸이를 꺼내더니 지온을 향해 뻗었다.

"파, 파이어볼!"

위력적인 불덩어리가 지온을 향해 뿜어져 왔다. 지온은 눈을 깜빡이며 파이어볼을 바라보다가 손을 뻗어 그것을 잡았다.

"마력은 얼마 없군. 전기인가?"

전기를 약간의 마력이 마법으로 바꾼 것 같았다. 하지만 마력의 대부분을 차지하고 있는 것은 인간의 영혼이었다. 지온이 그것을 깨달은 순간 지온의 몸 주위에 강렬한 살기가 일어났다.

"사람을 희생해 마력을 만들다니……."

지온이 주먹을 쥐자 파이어볼이 허망하게 사라졌다.

"히, 히이이익! 마, 말도 안 돼! 이, 이건 구원의 마법이란 말이다!"

남아 있는 테러리스트들은 차마 덤비지 못하고 주춤거리

며 물러났다. 지온은 천천히 걷자 인질들이 멍한 눈으로 지온을 바라보았다. 이곳에 있는 천 명이 넘는 사람들이 도저히 믿을 수 없다는 듯 지온을 보고 있었다. 이런 비현실적인 광경을 누가 믿을 수 있을까?

[지온 해석했다.]

"좋은 타이밍이야."

[일종의 융해 마법진이다. 육체를 액체로 바꾸어 흘려보내고 영혼만을 뽑아 저 사각형에 있는 보석에 흡수하도록 되어 있다.]

"잔인해. 그렇게 모은 영혼을 재료로 쓴다는 말이군."

여기 있는 인질 모두 죽을 운명이었다는 말이다. 그동안 무차별적으로 일어났던 테러 행위가 모두 사람의 영혼이 목적인 것이었다.

[에멜리아가 도주로 쪽으로 갔다. 경찰 쪽에도 협력자가 있는 듯하더군. 지온, 이 나라는 내부에서부터 썩어들어 가고 있다.]

지온은 고개를 끄덕이며 검을 들었다.

위기감을 느낀 테러리스트가 수류탄을 집더니 핀을 뽑으며 지온에게 던졌다. 발밑에 굴러 온 수류탄을 집어 들었다.

"꺄아아악!"

"으아악!"

인질들이 비명을 지르며 끔찍한 광경으로부터 시선을 돌

렸다. 하지만 그들이 예상한 폭발은 일어나지 않았다.

피웅!

지온의 손에 의해 우그러진 수류탄은 작게 압축되면서 작은 폭발음만 내었다. 테러리스트들은 말도 안 되는 광경에 넋이 나가고 있었다. 사람이 수류탄을 손으로 으깨버린 것이다.

"선물이다."

지온은 검을 바닥에 꽂았다. 그러자 지온의 등 뒤로 마법진이 떠오르며 수백의 푸른 화살들이 떠올랐다. 마법 보다는 검을 선호하는 지온이었지만 이들에게 특별한 선물을 주고 싶었다.

지온이 씨익 웃자 테러리스트들의 표정은 사색이 되었다.

샤아아아아!

공기를 가르는 소리가 들려왔다. 뿜어져 나간 푸른 화살들은 사방에 있는 테러리스트들의 몸에 꽂혀 들어갔다.

화살이 꽂힌 테러리스트들의 몸에 불길이 일어나며 육체가 순식간에 재로 변했다.

"으, 으아악!"

"도망쳐!"

살아남은 테러리스트들이 도망치기 시작했다. 지온은 굳이 잡지 않았다. 에멜리아가 저들을 추격할 것이다. 본거지를 알아낸다면 더욱 좋고 말이다.

몸을 덜덜 떨며 바닥에 쓰러진 우두머리도 바닥을 기며 도망가려고 했지만 멈추어 설 수밖에 없었다.

어느새 지온의 몸이 그의 앞을 막고 있었기 때문이다. 그는 덜덜 떨며 지온을 올려다보다가 황급히 품에서 목걸이를 꺼내 움켜쥐었다.

"사, 살려주세요! 나를 구원해 주세요!"

"누구한테 비는 거지?"

지온은 그가 쥔 목걸이를 뺏어서 바라보았다. 태양 모양으로 정교하게 만들어진 아티팩트였다. 복잡한 기계들이 마법진을 그리고 있었다.

작은 집 하나는 무너뜨릴 만한 파괴력을 지니고 있을 것이라 예측되었다. 과학과 마법의 결합은 이처럼 엄청난 결과를 만들어낸 것이다.

파직!

지온은 간단히 주먹을 쥐어 목걸이를 박살 냈다.

"아, 안 돼!! 안 돼!!"

그러자 그가 발광하며 날뛰기 시작했다. 지온은 한심하게 그를 내려다보다가 그의 복부를 발로 차 기절시켰다.

"우두머리를 확보했……."

마법진이 발동되기 시작했다. 지온은 말을 끊으며 다급히 사각형의 기계에 다가갔다. 복잡해 보이는 디스플레이를 바라보던 지온은 그것에 망설임 없이 주먹을 꽂아 넣었다.

퍼억!

기계가 폭발하며 마력을 품은 보석이 바닥에 떨어졌지만 마법진은 오히려 더 빛나기 시작했다.

"이브? 이거 폭주한 것 같은데?"

[자폭장치가 되어 있었나?]

지온은 빠르게 인질들을 바라보았다. 지온이야 아무런 피해 없이 살아남을 수 있을 테지만 인질들은 달랐다.

"조금 있으면 이곳이 폭발합니다! 모두 빨리 탈출하세요!"

잠시 정적이 생겼다.

"꺄아아악!"

"사, 살려줘!!"

인질들이 출구를 향해 뛰기 시작했다. 지온은 바닥에 손을 대며 정신을 집중했다.

[멈춰라!]

폭주하기 시작한 마법진이 시간이 멈춘 것처럼 그대로 멈추었다. 빠져나가는 마력량이 어마어마했다. 멈추는 것이 이정도인데 해제하는 것은 분명 깨나 힘들 것이다.

지온이 이해 못하는 마법진을 없애는 것이니 말이다.

[용언을 자주 쓰면 몸이 망가진다. 모든 법칙을 무시한다는 건 그만큼 리스크를 동반하기 때문이지.]

"그런 것 같군."

[인간들이 다 빠져나갔다.]

지온은 고개를 끄덕이며 손을 떼었다. 자신도 어쨌든 빠져

나가야 했기 때문이다.

[잠깐 손을 때면 폭발…….]

파아아앙!!

백화점 주위에 있는 자동차가 뒤집어지고 건물의 유리창이 모두 깨져버릴 정도로 강력한 폭발이 일어났다.

콰가가가!

백화점을 지탱하는 기둥들이 무너져 내리고 화염이 솟구치며 옥상을 뚫고 치솟았다. 마치 화산의 용암 분출을 보는 듯한 모습이었다.

헬기들이 갑작스러운 충격에 휘청거리다가 겨우 추락을 면했다.

"젠장……."

치솟는 화염 사이로 지온의 몸이 퉁겨져 나오며 반대쪽 건물까지 날아가 버렸다. 몸을 뒤집어 착지해 성공한 지온은 살짝 그을린 자신의 신발을 바라보았다.

"하나 새로 사야겠군."

그러며 손에 들고 있는 우두머리를 바닥에 내려놓았다. 폭발이 일어나는 시점에 다시금 용언을 사용해 찰나의 순간 폭발을 멈추게 하고 빠르게 우두머리를 수거해 마력을 몸에 두른 것이다.

지온의 몸은 멀쩡하지만 우두머리의 몸에서는 연기가 모락모락 피어올랐다.

[지온, 괜찮은가?]

"응, 난 괜찮……."

[아니, 그 뇌 말이다.]

"그쪽이었냐."

지온은 우두머리를 바라보았다. 머리털이 모두 사라졌고 군데군데 그을리긴 했지만 비교적 무사해 보였다.

"그럭저럭. 근데 에멜리아는?"

[날뛰는 중이다.]

"응?"

지온은 불길함에 몸을 떨었다.

에멜리아는 현재 이브가 알려준 도주로를 지키고 있었다. 요란한 화염이 치솟는 백화점 기둥에 등을 대며 여유롭게 책장을 넘기고 있었다.

그녀가 보고 있는 것은 요리책이었다. 지온에게 맛있는 음식을 잔뜩 만들어주고 싶은 그녀였다.

"좋은 재료를 샀는데……."

요리책이 그녀의 손아귀 힘에 의해 구겨지기 시작했다. 테러리스트들의 테러 행위만 없었더라도 지온과 행복한 시간을 보낼 수 있었을 것이다. 그렇게 생각하자 그녀의 눈은 점차 날카로워졌다.

냉기가 풀풀 날리는 모습은 전장을 지휘하던 총사령관의

모습 그 자체였다.

"제, 제길! 도망쳐!"

"뭐였지? 그건?"

"몰라! 이런 이상한 집단과 계약하는 것이 아니었어!"

살아남은 십여 명의 테러리스트가 미리 준비된 승합차에 타는 장면이 에멜리아 눈에 들어왔다. 미리 공조가 되어 있는 듯 접근하는 경찰 병력은 없었다. 에멜리아는 책을 덮고는 테러리스트들을 바라보았다.

"웨, 웬 여자가?"

"미, 미인인데?"

"쏴버려! 여긴 미쳤어! 탈출해야 해!"

탕 타다다다!

이성을 잃은 테러리스트들이 에멜리아에게 총을 갈겨댔다. 에멜리아는 순식간에 검을 뽑아 날아오는 총탄을 모두 튕겨냈다. 인간이 이룰 수 있는 극한의 경지에 이른 그녀에겐 이 정도는 너무나 쉬운 일이었다.

"미, 미친! 총알을 튕겨냈어!"

"괴, 괴물!"

"바, 밟아!"

승합차가 급출발하며 멀어지기 시작했다. 에멜리아의 눈썹이 꿈틀거렸다. 미리 준비한 마스크로 얼굴을 가리고 가볍게 발을 동동 굴렀다.

휘익!

마력이 방출되며 아주 빠르게 승합차를 향해 돌진하는 에
멜리아였다. 승합차에 탄 테러리스트들은 겨우 안도의 한숨
을 내쉬었다가 백미러를 보고는 얼어붙었다.

"따, 따라온다!"

"뭐? 경찰인가?"

"아, 아니! 그, 그 여자야!"

승합차는 시내를 질주하기 시작했다. 본래 조용히 빠져나
갔어야 하지만 겁에 질린 운전자가 요란하게 시선을 끌며 운
전하는 덕분에 경찰차들이 따라붙기 시작했다.

하지만 그들은 경찰보다 더욱 무서운 것이 있다는 걸 알고
있었다.

"거, 건물 위야!"

"쏴! 쏘라고!"

"너무 멀어!"

에멜리아는 건물 위로 도약해 옥상과 옥상을 옮겨 다니며
승합차를 추격했다. 이성을 잃은 테러리스트 하나가 건물 위
로 총을 난사하기 시작했다.

"미친 마녀야! 죽어라!! 죽어버려!!"

하지만 에멜리아에게 닿는 것은 존재하지 않았다.

끼이이익!

코너를 아슬아슬하게 돌며 승합차가 질주하기 시작했다.

경찰차가 따라붙었지만 승합차가 옆으로 쳐내자 튕겨져 나가며 몇 바퀴 굴렀다.

마녀란 말에 그녀의 이성이 점차 사라져갔다. 에멜리아는 이러한 모욕을 받음에도 적이 무사하다면 그것은 기사의 긍지가 깎여 나가는 일이라 생각했다.

에멜라이는 건물의 옥상에서 뛰어내렸다. 궤적을 그리며 떨어져 달리는 차 위로 뛰어내린 그녀는 중심을 잡으며 차와 차 사이를 옮겨 다녔다. 에멜리아의 발에 닿은 부분은 간단히 우그러졌다.

승합차가 정면에 보이는 순간 그녀의 검이 발도 되었다.

샤아아앙!

붉은 오러가 뿜어져 나가며 승합차를 반 토막 내었다. 승합차가 두 개로 갈라지며 양옆으로 쓰러져 굴러갔다. 너무나도 깔끔하게 베어져 현실성이 없어 보이기까지 했다.

정확히 반으로 갈라졌기 때문에 아슬아슬하게 테러리스트들 사이로 참격이 지나가 그들은 목숨을 유지할 수 있었다.

퍼어엉!

마구잡이로 구르다가 멈춰선 승합차였다.

"으, 으으윽!"

부서진 승합차에서 테러리스트들이 기어 나왔다.

콰아앙! 쾅!

갑작스럽게 박살 난 승합차 덕분에 자동차들이 멈춰 서다

가 연쇄 충돌을 일으켰다. 차가 크게 박살 나거나 하지는 않
았지만 도로 전체가 마비되어버렸다.

[에멜리아, 복귀해!]

"지온님? 막 저들을 처단하려 하는 참이었습니다. 저들은
지온님을 위한 제 요리…… 크흠, 그, 그 무고한 백성들을 학
살한 악당들입니다!"

[이쪽 경찰들이 처리해줄 거다.]

"아, 알겠습니다."

경찰차 몰려오는 소리가 들렸다. 차 위에 서 있던 에멜리아
는 빠르게 건물 위로 몸을 날리며 사라졌다.

"어, 엄마……."

먹고 있던 아이스크림을 떨어뜨린 꼬마가 멍한 표정으로
그렇게 말했다.

콰아아앙!

"꺄아아악!"

"뭐, 뭐야!"

멀리서도 아주 크게 들리는 폭발음 때문에 주위는 극심한
혼란에 휩싸였다.

"배, 백화점이 무너졌어! 폭발했다고!"

"오, 하느님 맙소사!"

백화점이 폭죽처럼 터져버린 것을 알게 된 뉴욕 시민들이
었다. 백화점은 한참이나 연쇄 폭발을 하다가 폭삭 무너져 버

렸다.

*　　　*　　　*

"으, 면목 없습니다."

집으로 돌아온 에멜리아가 고개를 숙이며 그렇게 말했다. 지온은 피식 웃으며 고개를 설레설레 저었다. 그러자 에멜리아의 얼굴도 밝아졌다.

"뭐, 움직일 때는 움직여줘야 하는 것이니까."

정체를 숨긴다고 늘 움츠리고 있다면 할 일도 못하게 되니 말이다. 지온은 타나토스 말고는 딱히 자신을 위협할 수 있는 것이 없다고 생각했다. 에멜리아도 마음만 먹는다면 지구에선 무적이라 불릴 만했고, 이브는 말할 것도 없었다.

뉴스에서는 온통 속보로 백화점 테러 소식이 흘러나오고 있다. 게다가 외계인 또는 초능력자를 봤다는 증언이 줄지어 나오면서 인터넷은 뜨거운 논란으로 들끓었다. 증거 자료 같은 경우에는 이브가 대부분 지웠지만 사람의 기억 모두를 지울 수는 없었다.

"누가 마법이나 초능력자를 믿겠나?"

"정부에서도 정신착란 따위를 들먹이며 수습하고 있더군. 미 정부 기관에 이런 분야를 전담으로 하는 기구가 있는 모양이다. 우리 쪽으로 접근해 오는 걸 돌려보냈다."

"음? 어떻게?"

"아프리카 쪽으로 텔레포트 시켰다."

지구에 흥미로운 것이 많은지 이브는 요즘 각종 연구에 매달리고 있었다. 덕분에 자신을 귀찮게 하는 것에 대해서는 철저히 보복을 해주었다. 지온은 이브가 그들을 태평양 한 가운데 이동시키지 않은 것을 다행이라 생각했다.

이브는 지온의 옆에 딱 붙어 앉았다.

"피로가 풀리는군."

"마력충전용 배터리가 된 기분이네."

"걱정마라, 지온. 이렇게 보여도 널 애정하고 있으니 말이야."

"아아, 그리셔."

지온은 작게 웃으며 고개를 설레설레 젓다가 잊고 있던 것이 생각나 자리에서 일어났다.

"그러고 보니 잡아온 녀석을 아직 심문하지 않았는데."

"음, 녀석은 어디 있지?"

에멜리아가 눈을 깜빡이다가 커다란 냉장고의 문을 열었다. 그러자 반쯤 발가벗겨진 남자가 덜덜덜 떨며 신음을 내뱉었다.

지온이 에멜리아를 바라보자 에멜리아는 부드럽게 웃었다.

"상할까 봐 넣어놨어요."

"상할까 봐?"

"잘했다."

황당해하는 지온과는 다르게 이브는 만족한 듯 고래를 끄덕였다. 이브는 순수하게 에멜리아의 수단에 감탄을 머금고 있었다.

살벌한 대화가 오가자 남자의 공포는 더욱 커져만 갔다. 마치 저들이 자신을 요리라도 할 것처럼 보였다. 이브는 잠시 남자를 내려다보다가 주방에서 고무장갑을 가지고 와 끼고는 그의 얼굴을 잡았다.

"역시 머리를 열어야 하나?"

"끄읍! 끄으읍!!"

막아놓은 입에서는 제대로 된 말이 나오지 않았다.

"일단 말부터 들어보자고."

살벌한 기세에 식은땀을 흘린 지온이 남자의 입에 붙어 있는 테이프를 뜯자 남자는 흐느끼며 울었다.

"사, 살려주세요. 제발!"

"정체가 뭐지?"

"저, 전 아, 아무것도 아닙니다."

지온은 다시 테이프를 붙였다.

"음, 그럼 시작하도록 하지."

에멜리아가 남자를 들어 의자에 앉혔다. 온몸을 단단히 고정하자 이브가 노트북을 가지고 오더니 남자의 앞에 놓았다.

"본래라면 기억을 보는 마법은 극히 힘들고 제한적인 마법이지만 컴퓨터의 힘을 빌려서 막대한 연산이 가능하니 한결 편하게 기억을 볼 수 있을 거다."

"오, 대단한데? 그러니까 저 녀석의 머릿속에 있는 걸 저 노트북에 옮긴다는 거지?"

"음, 마법적 저장 장치를 달아놨으니 용량문제는 걱정 없어. 머리를 열어서 직접 선을 꽂는 것이 빠르겠지만⋯⋯."

"끄으으읍!!"

"집을 더럽힐 수는 없으니 말이야."

이브는 일부러 사악한 미소를 남자에게 보여주었다. 남자는 몸을 부르르 떨다가 그대로 혼절했다.

"겁이 많군요. 전사라면 무릇 모든 고통을 감내하며 자신의 이상을 지켜야 하는데 말이죠."

"머리를 연다는데 이성을 유지할 수 있을까?"

에멜리아가 한심하다는 듯 남자를 바라보자 지온이 힘이 빠진 목소리로 말했다.

확실히 예전 에멜리아의 측근 수하들은 고문 따위는 아무렇지도 않게 견디며 끝까지 적들을 조롱할 자들이긴 했다. 에멜리아는 그런 전사를 키워내는 교관도 했었다고 한다. 지금 지온의 눈에는 아름답고 가녀린 여자로만 보였지만 분명 첫 만남은 살벌하기 그지없었다.

이브는 특수처리 된 자그마한 보석을 남자의 입에 쑤셔 넣고 빠르게 마법진을 그렸다. 그리고 마지막에는 노트북의 엔터를 누르자 마법진에서 빛이 뿜어져 나오며 노트북 디스플레이가 깜빡였다.

"최근 기억만 살펴보겠다."

자판을 쳐서 쓸데없는 것들은 자르고 중요 장면들만 화면에 띄워서 재생시켰다.

"대단한데? SF영화 같아."

마법과 과학이 합쳐져 만들어낸 결과지만 모르는 사람이 봤다면 미래의 첨단 기기로 알 것이다. 디스플레이에 재생된 것은 어느 단체였다.

그 단체는 사람을 모아 영혼을 뽑아내어 어디론가로 보냈다. 놀라운 것은 이것과 관련된 기업들이었다. 기업들은 마력을 이용해 살상 무기를 만들고 있었고 고급 아티팩트도 상당수 만들어냈다.

"검은 구원인가……."

지온의 짐작대로 검은 구원이란 단체는 타나토스의 것이었다. 그리고 그 뒤에선 여러 대기업이 막대한 이익을 창출하기 위해, 또는 세상에 군림하기 위해 충실히 그의 수하 노릇을 하고 있는 모양이었다.

"흠, 데이터화가 되지 않은 자료를 얻었군."

검은 구원의 진짜배기 집회가 열리는 장소를 알아낼 수 있었다. 오로지 그들은 입에서 입으로만 장소를 전달했기에 보안 자체가 해킹당할 염려가 없었다. 하지만 그들도 기억 자체를 해킹할 줄은 몰랐을 것이다.

"종교로 가장한 테러리스트들이네."

"분명 그들은 세상을 다 가진 줄 알 것이다. 하나 타나토스의 의도는 그것이 아니겠지."

모든 것의 파멸.

지온에게 그렇게 선고한 타나토스였다. 그는 절대 인간을 위해 일하지 않는다. 오직 자신만을 위하여, 자신의 이상만을 위하여 행동할 뿐이다.

제4장
검은 구원

백화점 테러가 있었던 후 세계는 잠잠하기만 했다. 이브는 현재 전 지구 단위로 마력을 감지하는 시스템을 구상 중이었고 지온은 이브의 연구를 위해 자신의 마력을 주기적으로 몽땅 전해주었다. 에멜리아는 이브가 필요한 모든 자재를 구해다 주었다. 몇몇은 불법적인 루트를 통해 구하는 것 같았지만 말이다.

　"녀석도 쉽게 움직일 수 없어."

　지온이 온 것을 안 이상 타나토스는 쉽게 몸을 움직일 수 없을 것이다. 하지만 찾아낼 수 있다. 타나토스의 영혼이 내뿜는 파장은 지온의 머릿속에 뚜렷하게 입력되어 있었다.

운석 낙하를 막지 못한 일, 지구로 타나토스를 허망하게 보낸 일, 이런 실수는 더 이상 저지르지 않을 것이다.

"음……."

이 도시에 잠들어 있는 거대한 무언가가 지온에게는 느껴졌다. 탁한 마나로 무언가 잠재되어 있는 불길함을 읽을 수 있었다.

'지오프의 영혼은 한국에 있다.'

지오프가 어디에 있는지 알아버린 지온이었다. 알려고 하지 않아도 본능적으로 알 수 있었다. 완전히 지구와 동화되어버려 지온이 아니라면 그 누구도 발견할 수 없었을 것이다.

타나토스조차 쉽게 지오프의 영혼을 발견하지 못할 것이 분명했다. 발견했다고 하더라도 지온이 있는 이상 지오프에게 접근할 수 없을 것이다.

지온은 복잡한 생각을 털어버리고 다시 걷기 시작했다.

"조금 끼는걸."

지온은 오랜만에 입는 지구의 옷이 조금은 불편하게 느껴졌다. 이브가 추천하고 에멜리아가 구매한 값비싼 옷이었지만 활동하기 불편했다.

지온이 말하는 활동이라 함은 바로 전투를 의미했다. 문득 이제는 모두 전투적인 사고방식으로 바뀐 자신이 조금 신기하게 느껴지긴 했다. 지구에 와서 더더욱 그것이 실감이 난 지온이었다.

디자인보다는 전투에 맞춘 실용성을 먼저 보았고 상대를 볼 때 무심코 무력 수준을 가늠해 보고 있었다.

"음……."

부담스럽게 잘생긴 지온이 지나갈 때마다 남녀노소 할 것 없이 지온을 모두 바라보았다. 지온은 건물에 비치는 자신의 모습을 바라보았다.

정장을 입고 있는 자신의 모습이 보였다. 평소에 늘 보는 자신의 모습이라 크게 주목할 점은 없어 보였다. 저쪽 세계가 지구보다 미남미녀가 많기 때문이기도 했다. 일반적인 엘프만 하더라도 그 미모가 너무 대단해 지구에 온다면 지구를 떠들썩하게 만들 것이 분명했다.

한 나라를 망하게 할 정도로 뛰어난 미모의 인물은 저쪽 세계에 꽤 많이 존재했다.

'제법 생기긴 했는데. 이 정도인가?'

푸른 머리는 염색해서 갈색으로 바꾸었지만 그 외모를 가릴 수는 없었다. 많았던 인파가 쫙 갈라지는 기적을 일으키는 지온의 포스는 가히 일국의 왕자였다.

"이곳이군."

상당히 큰 건물 앞에 선 지온은 그 건물을 올려다보았다. 대규모 종교 집회가 열리는 곳이었다. 세상의 평화를 외치는 피켓들과 여러 가지 기사가 즐비하게 붙어 있는 게시판이 보였다. 이 모든 것은 위장된 것이었다. 이곳이 바로 검은 구원의 집회가 열리는 곳이었다.

게시판에 있는 몇몇 포스터를 들춰보자 그곳에는 태양 모양의 마크가 조그맣게 자리 잡고 있었다.

"빙고."

검은 구원의 대표적인 문양은 태양의 모습을 본뜬 것이었다.

"태양이라……."

지구에 와서 처음으로 적진을 찾아내었다.

지온의 상태는 최상이었다. 마력도 충분하고 정신은 맑았다. 게다가 에멜리아가 적진에는 만반의 준비를 하고 가야 한다면서 옷을 직접 코디를 해주었고 이브는 지온의 지갑을 충실하게 채워주었다.

도저히 꿇릴 수가 없는 상태였다. 어떤 것들이 나타나도 질 것 같은 느낌은 전혀 들지 않았다.

"이브, 진입한다."

[확인했다. 지온, 분명 안에 타나토스의 정보를 알고 있는 놈들이 있을 거다.]

"알겠어. 소란스러울 것 같으니까 주의를 좀 돌려줘."

무슨 일이 발생한다면 이브와 에멜리아가 시간을 끌어 줄 것이다. 집회 시간보다 조금 늦게, 한창 집회가 열릴 때 건물 안으로 들어서는 지온이었다.

주머니에서 선글라스를 꺼내 착용한 다음 여유롭게 문을

열고 안으로 들어섰다. 어떤 성향을 띤 집회인지는 잘 모르지만 보안이 철저한 듯 떡대들이 사방에 깔려 있었다. 여기저기 감시 카메라가 달려 있음은 당연했다.

'거물급들만 모인다더니 정말이군.'

건물 앞 주차장에는 보기만 해도 황홀한 고급 승용차들이 즐비하게 깔려 있었다. 개인 경호원도 상당히 많은 걸 보니 모두 대단한 부자인 것 같았다.

모르는 누군가가 봤더라면 호화스러운 파티쯤으로 치부할 것이 분명했다. 하지만 지온의 눈에는 모든 것이 부질없어 보였다.

"돈이 가치 없어 보이기는 처음이군."

마음만 먹는다면 능히 부자 반열에 합류할 수 있는 지온이었다. 그래서일까? 고급 승용차들도, 값비싼 보물들도 그저 신분을 나타내는 물건으로 보일 뿐이었다.

건물 안은 상당히 쾌적하고 조용했다. 실내 장식용 분수가 있었고 고급스러운 분위기가 흘렀다.

"저긴가?"

중앙 홀에서 안으로 들어가는 문이 보였다.

지온이 접근하자 지온보다 머리 하나가 더 큰 흑인이 지온을 제지했다. 지구에 살았을 때의 지온이라면 분명 겁을 먹었겠지만 지금은 가소로워 보였다.

"멈추십시오!"

흑인이 위압감을 준다고 인상을 찡그려도 트롤이나 오우거 만큼 위압감을 줄 수 없었기 때문이다. 오우거나 트롤이 있어도 지온은 무시했겠지만 말이다.

"명단에 없으면 들어갈 수 없습니다. 다른 곳에서 일반 집회가 열리니 그쪽으로 가주십시오."

지온은 자신의 손에 낀 반지를 바라보았다. 지온의 용언과 이브의 마법이 깃든 반지는 언어의 장벽을 간단히 허물어주었다. 듣고 말하는 것은 물론 읽고 쓰는 것까지 자유로워졌다.

용언이라는 것은 마력과 정신력을 막대하게 잡아먹긴 하지만 대단한 힘이었고 마법의 상위 개념이니 이 정도 권능을 부여하는 것은 당연했다.

"그렇게 토익, 토플을 따려고 애썼는데 이렇게 쉽게 영어를 구사할 수 있을 줄은 몰랐어."

"무슨 말을 하는 겁니까? 뒤로 물러나 주십시오!"

"제법 비밀스러운 집회 같은데 들어가 보고 싶군. 비켜주겠나?"

"물러나!"

흑인은 허리춤에 달린 권총을 보이고는 지온을 위협하기 시작했다. 그가 소리치자 주위에 있던 떡대들이 지온에게 다가오기 시작했다.

"저희와 가 주셔야겠습니다."

지온의 어깨에 손을 올리는 백인이었다. 백인이 힘을 주어 지온을 제압하려 했지만 지온의 몸은 전혀 움직이지 않았다. 의아함이 가득한 눈으로 지온을 바라보는 백인이었다.

백인의 손에 새겨진 태양 마크를 본 순간 지온은 백인의 손을 잡아 비튼 다음 간단히 넘어뜨렸다.

"큭!"

"꼼짝 마!"

순간 그들은 눈을 깜빡였다. 순식간에 지온의 몸이 사라졌기 때문이다. 흑인은 권총을 뽑아들며 주위를 경계하기 시작했다.

"억!"

"컥!"

"무, 무슨?!"

주위에 있던 떡대들이 그 자리에 쓰러져 기절했다. 흑인은 두 눈을 믿을 수 없었다. 잔상을 그리며 나타난 지온이 순식간에 모든 경비를 기절시켰기 때문이다.

흑인의 앞에 나타난 지온은 살짝 풀어진 옷을 다시 재정비했다. 흑인이 덜덜 떨리는 손으로 지온에게 총을 겨누었다. 방아쇠를 당기려는 순간 지온의 손이 권총을 먼저 잡았다.

우드득!

권총이 박살 나며 그 잔해들이 바닥에 떨어졌다. 흑인은 겁에 질려 몸을 덜덜 떨었다. 어떻게 인간이 한 손으로 총을 박살 낼 수가 있단 말인가!

도저히 믿기지 않는 장면에 흑인은 정신이 아득해질 지경이었다.

"일반 신도는 아닌 것 같군. 살기가 짙어."

지온은 그렇게 말하며 살기를 뿜었다.

떡대들이 지닌 눈빛은 사람을 죽여 본 자만이 지닐 수 있는 눈빛이었다. 신념이 있고 자신만의 정의가 있는 자들은 그것이 기도에 녹아들어 위압감으로 다가오겠지만 이들은 아니었다.

피 냄새가 나는 오크와 비슷한 느낌이었다.

"쉬어라."

픽!

흑인을 기절시킨 지온은 눈앞에 보이는 문을 향해 다가갔다.

끼이익!

안에서 잠겨 있는 문이 강제적으로 열리며 기이한 소음을 만들어냈다. 문이 열리자 보이는 것은 거대한 강당과도 같은 곳이었다.

"사치스럽군."

돈을 쏟아 부은 흔적이 다분했다. 모든 것이 고급스러웠기 때문이다.

원형으로 된 좌석이 가운데에 있는 무대를 주위를 두르고 있었고 그 좌석에 위치한 것은 검은 옷을 입고 검은 천을 머리에 얹은 사람들이었다.

"형제들이여! 우리는 막대한 힘을 지니고 있습니다! 미래를 바꿀, 모든 것을 지배할 힘을 지니고 있습니다! 그렇기 때문에 모든 것이 개혁되어야만 합니다!"

"오오, 어두운 태양이여!"

"경배하라!"

무대에 서 있는 것은 화려한 예복을 입은 백인 남자였다. 그의 주위로 검은 로브를 걸친 자들이 무릎을 꿇고 있었고 무대 가운데에는 머리를 숙이고 있는 사내가 온몸이 묶인 채 서 있었다.

"우리는 더욱 많은 것을 얻을 수 있습니다. 바쳐야 할 것은 단 하나! 더욱 많은 사람의 고통과 절망입니다. 그것만이 우리의 힘을 깨울 수 있고 구원자를 강림시킬 수 있는 것입니다! 우리는 세상의 주인이 될 것입니다!"

지온은 벽에 등을 기대며 남자가 말하는 설교를 듣고 있다가 고개를 설레설레 저었다.

"사이비 종교로군. 다른 점이 있다면 일렁이는 마력이겠지."

사람들의 눈에는 보이지 않겠지만 지온의 눈에는 무대로 흐르는 마력이 너무나 잘 보였다. 설교를 하고 있는 남자, 집회장은 미세한 마력을 내뿜어 여기 있는 모두를 매료시키고 있었다.

거짓을 믿게 하고 맹목적으로 따르게 하는 저급한 마법이었다. 마력에 면역이 없는 지구인들은 저런 하급 마법에도 쉽게 당해버린다. 게다가 이곳의 공기는 오염되어 있었다. 인간의 어두운 마음을 자극하여 수면 위로 끌어올리고 주위에 감염시킨다.

지온은 인상을 찌푸리며 이 모든 광경을 바라보았다.

"타나토스의 짓인가? 지구인에게 마법을 가르쳐준 건가?"

가르쳐주었다고 보기 보다는 타락시켰다는 표현이 맞는 말일 것이다. 지구인은 마력을 쓸 수 있는 신체구조가 아니었지만 아티팩트를 이용한다면 능히 마법적인 능력을 발휘할 수 있었다.

타나토스는 분명 어디선가 지구인의 육체를 뒤집어쓰고 있을 것이다.

세계를 마음대로 주무르고 멋대로 파괴할 위치에 오르기 위해, 그리고 영혼의 손실을 막고 손실된 영혼을 복구시키기 위해서 말이다. 혹시 미국 대통령이 타나토스가 아닐까? 그렇게 생각하던 지온은 피식 웃고 고개를 내저었다.

"그렇기 때문에 우리는 저급한 하층민들의 고통을 거름 삼아야 합니다. 그것이야말로 거룩한 성전인 것입니다!"

"모든 것은 구원자의 뜻대로."

"지구를 구원해 주시옵소서."

지온은 벽에서 등을 떼고 팔짱을 풀었다. 듣다 보니 점점 화가 나기 시작했다. 이 사람들은 자신이 이용당하다 버림받아 비참하게 죽음을 맞이하게 될 것을 짐작이나 하고 있을까?

"누구를 구원한다는 말이지?"

지온의 말이 울려 퍼졌다. 장내에 울려 퍼지던 웅장한 음악이 멈추었다. 웅성거리는 소리와 함께 집회가 중단되고 모든 사람이 지온을 바라보았다.

"그는 신이 아니야. 단지 미친 짐승에 불과해. 그는 아무도 돕지 않아."

"신성모독이다!"

지온은 좌석들을 사이를 걸었다. 천천히 무대로 접근하며 무대 위에 서 있는 자들을 바라보았다.

"구원자가 직접 내려주신 성전에 모든 것이 쓰여 있다! 그것은 진리다!"

"그럼 내 이야기도 있었겠군. 그 녀석이랑 나는 깨나 친하거든."

"네놈! 정체가 뭐냐! 어떻게 명단에 없는 자가 들어온 거지?"

집회장 옆에 있던 검은 로브의 사내들이 품에서 날카로운 날붙이를 꺼냈다. 그것을 멋스럽게 휘두르더니 지온을 보며 자세를 잡았다.

고도의 살인 기예를 익힌 자들이었다.

"살벌한 집회로군."

"피로 성전을 씻을지니라!"

집회장이 제법 멋스러운 말을 하자 검은 로브의 사내들이 지온을 향해 달려들었다. 좌석에 있는 사람들이 동요하며 웅성거렸지만 자리를 이탈하는 사람은 없었다.

제법 숙달된 솜씨로 지온에게 다가와 날붙이를 휘두르는 검은 로브들이었다.

"군인인가? 아니면 용병?"

지온은 뒤로 살짝 피하며 그렇게 말했다. 철저한 실전용 무술을 쓰는 자들이었다. 사람을 죽이는 법을 아주 잘 알고 있는 프로들이었다.

하지만 그뿐이었다.

퍽!

"크억!"

지온은 주먹이 정면에 있는 남자의 턱에 닿았다. 턱이 박살나며 남자의 몸이 이미터 가량 뜨더니 바닥에 처박혔다.

"죽어랏! 억?!"

지온에게 도끼를 들며 달려들던 남자가 그 자리에서 멈추어 섰다. 지온의 손에 들린 검은 장검이 어느새 그의 목을 검 끝으로 겨누고 있었기 때문이다.

지온이 앞으로 움직이자 남자는 도끼를 떨구며 뒷걸음칠쳤다.

"죽여 버려!! 쏴버려!"

집회장이 소리치자 2층에 있던 많은 인원이 지온에게 총을 겨누었다.

주위에 정적이 깔렸다.

"꺄아아아아악!"

"으아아아악!"

탕! 타타다다다다!

자신들의 신도가 밑에 있음에도 불구하고 인정사정없이 기관총으로 갈겨대기 시작했다. 무수한 총탄이 스쳐 지나가며 좌석을 박살 냈다.

사람들은 비명을 질러대며 밖으로 빠져나가기 시작했다. 수백 발에 달하는 총탄이 지온에게 쏘아졌다. 하지만 지온의 몸에 닿는 것은 하나도 없었다.

지온이 뿜어낸 마력을 뚫을 수 없었던 것이다.

마법적인 것이 아닌 이상 영향을 주긴 힘들었다.

투두두두득! 팅 팅팅팅

공중에 떠져 있던 총탄이 바닥에 떨어져 내리고 탄피가 구르는 소리만이 울려 퍼졌다. 박살 난 주위 풍경과는 다르게 지온은 흠집 하나 없이 깨끗했다.

"네, 네놈! 어떻게 그런 힘을 얻은 거냐!"

"고생 좀 했지."

"호, 호호호, 흐하하하하!"

갑자기 웃음을 터뜨리는 집회장을 이상한 눈으로 바라볼 수밖에 없었다. 자신이 만들어 놓은 참혹한 광경에 미친 것인가? 확실히 차마 빠져나가지 못한 여러 신도가 참혹하게 죽어 있기는 했다. 하지만 그것은 아닌 것 같았다.

"그분이 내려주신 내 진정한 힘을 보여줘야겠군!"

그렇게 말하며 놈은 품에서 여러 개의 아티팩트를 꺼내 들었다. 한눈에 그것이 평범하지 않다는 것을 알아차린 지온이었다.

지온은 자신에게 쏘아져 내리는 총탄을 검을 휘둘러 날려 버리며 장검을 빠르게 휘저었다.

서걱! 서걱!!

비스듬하게 올려 베자 건물 자체가 기둥들이 깔끔하게 베어지며 2층에 서 있던 자들이 잔해에 깔렸다.

"괴, 괴물!"

"초, 총이 먹히지 않아!"

주위에 적막만이 깔렸다. 탄피 굴러가는 소리만이 울려 퍼졌고 그 누구도 움직이지 않았다.

"크하하하하!"

갑작스럽게 미친 듯이 웃던 집회장이 고개를 푹 하고 떨궜다. 그가 지닌 아티팩트에서 검은 마나가 치솟으며 집회장의 몸을 감쌌다.

"마력을 증폭시켰군. 벌써 이 정도 수준까지 만들어 낸 건가?"

지구의 과학 기술을 무시하는 것은 아니었지만 이 정도 수준의 아티팩트를 만들어 낼 수 있으리라고는 생각하지 않고 있었다. 저쪽 세계에 내놓아도 손색이 없을 정도였다.

"나의 힘을 보아라!!"

그렇게 호기롭게 외치고 나자 근육이 부풀어 오르는 소리가 들렸다. 온몸의 근육이 가득하게 변하자 입고 있던 옷이 꽉 껴 보일 정도였다.

"크흐!"

웃음을 내뱉으며 주먹으로 바닥에 깔린 잔해를 때리자 잔해가 박살 나며 먼지가 되었다. 지온은 흥미로운 눈으로 집회장을 바라보았다.

"마력으로 몸을 강화했군."

"나는 무적이다."

"근데…… 역시 아직 불안하긴 하네."

"뭐? 으, 으윽?!"

집회장의 몸이 더욱 부풀어 오르더니 옷이 뜯겨 나가고 뼈가 뒤틀렸다. 잔인한 광경에 지온은 눈을 찌푸렸다.

"으, 으아아아악!"

집회장은 고통에 발버둥치다가 손을 뻗어 묶여 있는 남자를 잡았다. 그러자 그의 몸 안으로 흡수되며 점점 더 거대해졌다.

쾅! 콰아아앙!!

종국엔 마구잡이로 난동을 피기 시작했다. 잔해에 깔렸던 자들도 모두 그의 몸에 빨려 들어가며 하나가 되었다.

"괴, 괴물!?"

"미, 미친 쏴버려!"

투두두두두두!!

3m가 넘게 거대해진 집회장의 모습에 주변에 있던 자들이 총을 쏘기 시작했다. 자신의 동료를 마구잡이로 흡수한 것을 보자 아군이라는 개념이 사라져 버린 것이다.

'고용된 자들이군.'

전쟁에서 굴러먹던 용병들 같았다. 그들로서는 이런 비과학적인 광경은 처음 보는 것일 것이다.

쿵! 쿵!!

"크아아아아!!"

거대해진 집회장은 마구 날뛰며 보이는 모든 것을 부수어 버렸다. 쏘아진 총탄이 박혀 들어가 피가 튀겼지만 금세 복구되었다. 화가 단단히 났는지 두 손으로 거대한 잔해를 들고 위로 던져버렸다.

콰아앙!

"크아아악!"

"피, 피해!!"

2층에 있던 자들을 휩쓸고 잔해가 건물을 뚫고 날아갔다.

밖에서 차가 박살 나는 소리가 들려왔다.

투두두둑!

"오우거 같군. 이브, 보고 있나?"

[흥미롭군. 인간을 저 정도로 만드는 부작용이라니 말이야. 역시 아직 완성 단계는 아닌 건가?]

몸이 기형적으로 부풀어 오르고 뼈가 뒤틀리는 모습은 결코 정상적이라 생각할 수 없었다. 마력을 육체가 견디지 못하고 변이가 일어난 것이었다. 더군다나 타나토스의 마력이 깃든 것이니 이성을 상실하고 타락한 괴물이 되어갔다.

괴물이 기둥 하나를 뽑아 지온에게 던졌다. 지온은 살짝 고개를 들어 기둥을 피했다. 기둥이 지온 뒤에 있는 벽을 뚫고 한참이나 더 나가 바닥에 떨어졌다.

두두둑! 쾅!

건물의 천장이 무너져 내리기 시작했다. 괴물이 날뛰며 벽을 박살 내고 보이는 모든 것을 때려 부수고 있었다. 괴물의 손에 잡힌 사람들은 모두 막대한 힘에 의해 끔찍하게 살해당했다.

지온은 작게 한숨을 내쉬며 고개를 설레설레 저었다.

"저 녀석의 머리도 필요해?"

[밖을 빠져나간 사람 중 중요해 보이는 몇몇을 확보했다. 저런 거대한 건 사절이다.]

"그래, 저건 도저히 냉장고에 들어가지 않는다고."

지온은 농담을 하며 살짝 웃었다. 그리고는 지온은 검을 가볍게 들었다. 공중을 몇 번 베니 멀리 떨어져 있던 괴물의 표피가 갈라졌다. 갈라진 표피는 믿을 수 없을 정도로 빠르게 재생되었다. 트롤과 오우거를 합쳐놓은 듯한 모습에 지온은 질린 듯한 표정을 지었다.

"완전히 몬스터가 되었군. 의사에게 데려가도 회복 불능이겠어. 안타깝군."

"크흐, 크아아아!"

"자, 와라!"

지온은 가볍게 자세를 잡으며 날뛰는 괴물을 도발했다. 괴물은 지온을 바라보며 부르짖다가 정면의 모든 것을 부수며 불도저처럼 돌진했다.

콰앙!

괴물과 지온의 검이 부딪히는 순간 괴물이 지온의 옆으로 크게 튕겨져 나갔다. 건물의 벽을 부수고 쓸려 나가다가 무너지는 천장에 그대로 파묻혔다.

"상당히 질긴데?"

몸통을 통째로 베어버릴 생각이었는데 반쯤 가르는 것에 그쳤다. 지온은 슬슬 마무리를 하려 괴물에게 다가갔다.

후두두둑!

건물이 무너져 내리기 시작했다. 거대했던 건물이 서서히 밑으로 꺼지는가 싶더니 순식간에 주저앉아버렸다. 건물의 잔해가 지온을 빗겨가며 사방으로 부서져 휘날렸다.

지온이 검을 들어 잔해를 몇 차례 베었다.

서걱! 서걱!

잔해들이 무참하게 썰리며 다시 한 번 무너져 내렸다. 마지
막 일격을 가하려 할 때 지온은 자신의 몸에 빨간 점들이 떠
오르는 것을 보고 살짝 한숨을 내쉬었다.

"꼼짝 마!"

"무기를 버리고 투항하라!"

경찰 병력이 건물을 포위하고 있었다. 건물이 완전히 무너
져 버려 밖이 훤하게 보였는데 온통 경찰차와 단단해 보이는
검은색 자동차, 그리고 영화에서나 볼 법한 차들이 주위를 메
우고 있었다.

'옥상에 저격수, 저 검은 양복들은 경찰이 아니군.'

봉쇄 명령을 내렸는지 이 주변을 지나는 시민은 하나도 없
었다. 하늘에 떠있는 헬기가 지온의 귀를 자극했다.

"이브?"

[한창 바쁘다. 조금 있다가 연락하도록 하지.]

지온은 눈을 깜빡였다. 이브와의 연결이 끊긴 것을 확인한
지온이 고개를 돌릴 때였다.

퍼석!

잔해를 뚫고 거대한 손이 올라왔다.

"크아아아아!"

포효하며 몸을 일으킨 괴물은 손에 잔해들을 부여잡고 사방으로 날리기 시작했다. 지온은 간단히 검으로 베어 그것들을 쳐냈다.

괴물의 한쪽 팔은 떨어져 나가 없었고 복부는 갈라져 있었다.

탕! 타타다다다다!

총구에서 뿜어져 나온 총탄의 세례가 무차별적으로 주변을 난사했다. 지온은 검을 움직여 괴물의 목을 베려다가 마력을 뿜어냈다.

떼구르르!

수류탄 여러 개가 밑으로 떨어져 나오고 멀리서 로켓 런처 따위가 지온에게 락온이 되었다. 지온의 얼굴이 구겨지는 순간 수류탄들이 폭발했다.

콰아아아아!!

주변 일대를 날려버리며 자욱한 화염의 먼지를 만들어내자마자 로켓 런처로부터 뿜어진 포탄이 그 자리에 작렬했다.

콰아아!

괴물에게도 마찬가지의 세례가 쏟아져 내렸다. 아예 이 일대를 날려버릴 계획이라도 있는지 그들이 가지고 온 무기는 대단히 파괴적이었다.

지온은 발밑에 있는 수류탄 조각들을 치워내며 손목을 털었다.

땡그르르

포탄의 일부가 그의 손에서 떨어져 나왔다.

"크아아아!"

큰 상처를 입은 괴물이 그들을 향해 돌진했다. 아직 바닥에 붙어 있는 벽들을 분쇄하고 그대로 주변을 바리케이트 형식으로 감싸고 있는 차들을 날려버렸다.

파아아앙!

차가 폭발하며 화염이 치솟았다. 군인으로 보이는 몇몇이 튕겨져 나가며 바닥에 처박혔다. 지온은 검을 휘저어 총탄들을 튕겨내며 괴물에게 돌진했다. 괴물은 본능적으로 상처 복구를 위해 쓰러진 사람들을 흡수하고 있었다.

서걱!

지온이 자세를 낮추며 괴물의 종아리를 베었다.

쿠웅!

육중한 몸이 바닥에 쓰러지자 자동차 여럿이 찌그러져 버렸다. 갑작스러운 지온의 돌격에 당황한 모습이 역력했다.

타앙!

지온은 자신의 머리로 날아오는 총탄을 손을 들어 잡았다. 그리고 고개를 들어 스코프 뒤로 보이는 경찰의 눈을 바라보았다. 그는 흠칫 놀라며 뒤로 몸을 빼었다.

"크아아아!"

발버둥치는 여파에 아스팔트 도로가 갈라지고 가로등들이

쓰러졌다.

"다음 구역까지 봉쇄해!"

"제, 젠장! 저건 무슨 괴물이야!"

괴물의 주먹이 지온을 덮쳐왔다. 자신에게로 향하는 총들에 시선이 끌려 있던 지온이었지만 검을 들어 간단히 주먹을 막았다. 주먹에 반쯤 검이 파고들었다.

"끝내자."

그렇게 말하며 지온은 검을 쥔 손에 힘을 주었다. 마력을 폭발시키며 그대로 위로 던졌다.

피융!!

육중한 몸이 거짓말처럼 하늘로 치솟았다. 떠있는 헬기를 아슬아슬하게 스쳐 지나가더니 높은 건물보다 훨씬 높은 곳까지 닿았다. 지온이 모두의 시야에서 사라진 것도 그때였다.

파앙!

바닥을 박차며 빠르게 하늘로 치솟았다. 지온이 아래로 향하게 했던 검을 올렸을 때는 괴물이 눈앞에 보이는 순간이었다.

차앙!

푸른 검이 괴물의 몸을 가르며 치솟았다. 거기서 끝이 아니었다. 아래로 베어지는 연격, 그리고 찰나의 틈조차 느낄 수 없을 정도로 빠르게 대각선으로 베어갔다.

차르르륵!

마치 번개가 치는 것처럼 섬광이 주위를 잠식했다. 지온의
모습이 하늘에 나타나는 순간 괴물의 몸이 여러 갈래로 부서
지며 땅을 향해 낙하하기 시작했다.

그 순간 타나토스의 마력이 공기 중으로 흩어지는 것을 보
았다. 바람에 묻혀 옅어지며 어디론가 향하고 있었다.

'본체로 돌아가는 건가?'

본래 보통 마력이라면 공기 중으로 흩어지지만 타나토스
의 마력은 그 자신의 영혼이 섞여 있는 마력이었다.

'영혼을 가공해 마력으로 만든 거로군.'

마력을 그런 식으로밖에 사용할 수 없는 것은 아마 그에게
맞는 육체가 없어서 그런 것 같았다. 인간의 육체는 조그마한
마력에도 저렇게 괴물이 되어버리니 그는 지금 최대한 안정
적인 육체를 유지하는데 힘을 쏟고 있을 것이 분명했다.

지온은 흩어지는 마력 일부를 검으로 훔쳐내고는 괴물에
게 시선을 돌렸다.

지온은 들고 있는 검을 괴물을 향해 던졌다. 괴물의 몸에
닿는 순간 지온의 주변에 푸른빛을 내뿜는 수십 개의 검이 떠
올랐다.

"사라져라!"

콰앙! 콰앙! 콰앙!!

하나하나가 막대한 마력을 품고 있었다. 괴물을 향해 쏘아

져 나갈 때 충격파가 발생하며 시끄러운 소음이 울려 퍼졌다. 인근 건물의 유리창이 깨져나가는 것까지 보였다.

그만큼 효과는 확실했다. 괴물의 육체에 닿는 순간 폭발하며 작은 살점조차 남기지 않고 모조리 재가 되어버렸다.

지온의 몸이 아래로 낙하해 주변 건물 옥상에 내려섰다. 순식간에 지온의 모습을 놓친 저들은 당황하며 주변을 수색하기 시작했다.

"이능적인 존재가 있다는 것을 알긴 아는 것 같군."

미국 정부도 알고 있는 모양이었다. 하긴, 그간 있었던 테러의 규모는 은폐하려고 해도 쉽지 않을 만큼 많은 숫자이기는 했다.

"타나토스에게 좋은 경고가 되겠지."

지온은 검에 묻혀 놓았던 타나토스의 마력을 꺼내 품에 있던 작은 보석에 담았다. 아직 마력 형태이지만 이브가 가공을 한다면 영혼의 형태로 바꿀 수 있을 것이다. 그렇게 된다면 영혼의 귀소 본능을 이용해 타나토스의 위치를 알아낼 수 있을지도 몰랐다.

"무슨 짓을 꾸미는 건지는 모르겠지만 그전에 끝내주겠어."

지온은 헬기가 다가오는 것을 느낀 순간 그 자리에서 모습을 감추었다.

*　　　*　　　*

이브는 거칠게 머리를 풀며 노트북을 덮었다. 이브를 자극하는 건 상당히 흥미로운 일이었다. 지구의 인간들은 모두 수준 이하라 여겼지만 이브에게 한 방 먹일 만한 재주를 지닌 인간이 있었다.

본래 세계의 인간들은 마력을 다룰 수 있기 때문에 지구의 인간들보다 머리 자체는 똑똑했지만 아무래도 정보량의 차이가 있다 보니 머리를 활성화 하는 경우는 좀처럼 없었다. 마력의 도움 없이 순수한 노력과 두뇌의 힘으로 이브를 곤란하게 만든 것은 대단한 일이었다.

"제법이군."

벽에 등을 기대고 있던 에멜리아가 검을 손에 대자 이브는 살짝 고개를 저었다.

"일단 만나 봐야겠어. 뭐가 그렇게 간절한지 보도록 하지."

"정부의 인간이라는 자들을?"

"역추적할 재주가 있으면서도 내가 정보를 볼 수 있게 묵인해준 놈들이다. 이제 와서 다가오는 것을 보면 무언가 재미있는 일이 벌어졌다는 거지."

에멜리아는 살짝 고개를 끄덕였다. 다는 못 알아들었지만 이브가 하는 것이니 동의한 것이다. 에멜리아도 그녀가 얼마나 오랜 세월을 살아오고 얼마나 지고한 존재였는지 알고 있었다. 적어도 손해는 보지 않으니 복잡하게 생각할 필요가 없었다.

"그럼 손님들은 어떻게 처리하지?"

"정중하게……."

이브의 대답에 에멜리아는 고개를 끄덕이고 검에서 손을 떼었다. 그리고는 문을 빠르게 열며 당황해 하는 남자의 멱살을 잡더니 그대로 바닥에 내리꽂았다.

깔끔한 검은 양복이 구겨지고 선글라스가 벗겨져 버렸다.

"그게 정중한 건가?"

"그렇군. 순간 헛갈렸다."

무언가 소음이 들리자 밖에서 대기하고 있던 자들이 권총을 들고 안으로 진입했다. 에멜리아가 그들을 보자마자 빠르게 손을 뻗어 권총을 빼앗았다. 그러자 그들은 손을 올리며 싸울 의사가 없음을 알렸다.

"소음이 들려 무슨 일이 있을까 해 와본 것입니다."

"위에서 기다리고 계십니다. 함께 가시지요."

정중한 그들에 말에 에멜리아는 권총을 그들에게 던져주고 이브의 뒤에 섰다. 이브는 우아하게 의자에서 일어나 그들을 따라갔다. 그들이 안내한 곳은 집이 있는 건물의 옥상이었다.

옥상에는 헬리콥터 한 대가 착륙해 있었고 여러 검은 양복을 입은 무리가 서서 이브를 기다리고 있었다. 이브의 모습이 보이자마자 그들 중 가장 계급이 높아 보이는 자가 이브에게 인사를 건넸다.

"이능관리부 소속 존 스미스 요원입니다."

"이브."

그는 살짝 웃으며 이브에게 악수를 청했다. 이브는 손을 뻗지 않고 가만히 그를 바라보았다.

에멜리아가 이브의 옆에 서자 스미스 요원 옆에 있던 자들이 다가왔지만 스미스 요원이 손을 들어 그들을 제지했다.

"승용차를 단칼로 베어버린 검사이시군요."

"원한다면 그대도 베어줄 수 있다만."

"하하, 사양하겠습니다."

스미스 요원은 헛기침을 하더니 가지고 온 가방을 이브에게 건넸다. 에멜리아가 그것을 받아 열어서 이브에게 보여주었다. 가방 안에는 여러 서류가 있었는데 특정한 건물의 배치나 배관의 배치, 그리고 검은빛을 내는 보석의 종류가 자세히 적혀 있었다.

"4년 전 검은 운석이 태평양에 떨어진 직후 지구 상 많은 이변이 일어났습니다. 우리는 그 사건을 집중 조사하고 원인을 찾아 제거하기 위해 설립된 부서입니다."

"나를 처음부터 감시하고 있었군."

"솔직히 말씀드리자면 미합중국의 상공에 나타나셨을 때

부터 위성을 통해 감시를 하고 있었습니다. 그리고 4년 전 사건과 관련이 있다는 것을 어렴풋이 짐작하고 있었죠. 우리의 적이 아니라는 것을 판단하는 데 한 달 이상이 소요되었습니다."

이브는 감시란 말에도 무표정한 모습이었다. 기분 나쁜 기색이 전혀 없었고 오히려 자신의 감각 범위에서 벗어나 감시를 했다는 것에 살짝 감탄하고 있었다. 과학이란 것은 정말로 쓸모가 많은 것이어서 계속해서 이브를 매료시켰다. 학구열에 불타오르는 것은 예전 아주 어려 자신의 존재 가치가 없었을 때 마법에 빠진 이후로 처음이었다.

"저희가 파악한 것을 대충 요약해서 말씀드리겠습니다. 그 검은 운석은 단순한 운석이 아니라 이지를 갖춘 어떤 존재인 것 같습니다. 지구에서는 볼 수 없는 특수한 힘을 갖추고 인간을 용해해 먹습니다. 고도의 지성을 지닌, 영체 상태의 외계인으로 파악하고 있었습니다만……."

"제법이군. 계속해 보도록."

"저희로서는 미국 전역에서 벌어지는 테러 행위를 최대한 근절하는 데 급급한 형국입니다. 그들의 진정한 목적은 알아내지도 못했습니다."

"나에게 온 이유가 그건가?"

스미스 요원은 고개를 끄덕였다.

"저희는 도움이 필요합니다. 미지의 존재가 무엇을 원하는

지 그리고 얼마나 큰 위험인지 알아야 합니다. 그 서류를 보시면 그간 그 존재가 준비한 것들에 대해 적혀 있을 겁니다."

이브는 다시 한 번 서류를 훑었다. 그러다가 그녀의 눈에 살짝 크게 떠졌다.

"심각하군. 예상대로라면 심각하다."

"예?"

"너희 나라가 말이다. 게다가 그 여파는……."

살짝 표정이 풀린 스미스 요원을 차가운 눈으로 바라보던 이브는 고개를 끄덕이며 입을 떼었다.

"좋아. 일단 들어는 보지."

"감사합니다. 자세히 이야기를 하고 싶습니다만……."

"따라와라, 인간."

이브가 등을 돌려 걷자 에멜리아 역시 그녀를 따라 걸었다. 스미스 요원은 식은땀을 훔치며 작게 미소 짓더니 부하를 물리고 이브를 뒤쫓았다.

제5장

음모

SAVER

섬광의
세이버

집에 돌아오자 지온은 낯선 백인 남자 하나를 볼 수 있었다. 수상쩍은 검은 양복에 단정한 금발머리를 지닌 30대 중반의 남자였다. 다부진 근육질 체격으로 보였지만 그다지 위험 인물로 느껴지지 않았다.

위험인물을 정하는 기준 자체가 평범한 사람과 아득히 다른 지온이었다.

'하긴 그 괴물도 위협이 되지 않았으니…….'

지온은 자신이 엄청난 힘을 지니고 있다는 것을 잘 알고 있었다. 그것을 사용한다면 가질 수 있는 모든 것을 얻을 수 있겠지만 지온은 그것이 잘못된 것임을 누구보다도 잘 알았다.

타나토스와 지내며 그 욕망이 얼마나 큰 파멸을 몰고 오는지 절실하게 깨달았기 때문이다.

"안녕하십니까? 존 스미스 요원입니다."

"요원? 나에게 총을 쏘던 그 검은 애들 말입니까?"

"그 건에 대해서는 보고를 받았습니다. 죄송합니다. 약간의 이해관계에서 대립이 있었습니다. 앞으로 그런 일은 없을 것입니다."

"나는 문제가 되지 않지만 방해한 덕분에 사람 몇이 죽었지요."

스미스 요원은 잠시 침묵을 지켰다. 죽은 사람들의 넋을 기리는 듯했다. 이브는 서류 다발을 바라보고 있다가 지온에게로 시선을 옮겼다.

"그자와는 협력을 하려고 한다."

"협력인가?"

"생각보다 큰 도움이 될 것 같더군."

지온은 곰곰이 생각하다가 고개를 끄덕였다. 협력을 하기로 하자 스미스 요원의 얼굴이 밝아졌다. 그 후, 스미스 요원이 전화로 어디론가 연락을 하더니 지온이 새로 머물 곳을 바로 마련했다.

아무래도 공동으로 작업을 하기 위해서는 좀 더 큰 장소가 필요하다는 의견 때문이었다. 간단히 짐을 싸서 옮겨간 곳은 제법 고급스러운 건물이었다. 위층은 위장이었고 지하부터 진짜였다.

"이능현상 분야를 연구하고 있는 박사들입니다. 그리고 저들은 우리 부서 소속 요원들입니다."

그들은 대부분 호의를 가지고 지온 일행을 맞이했다. 어떤 신비한 존재와 접촉하는 듯한 제스처를 취하기도 했고 경이롭게 보기까지 했다. 이브가 약간 날카로운 기세로 노려보다 화들짝 놀라며 시선을 피했다.

"본래는 더 큰 규모지만 믿을 수 있는 자들로 꾸렸습니다. 이 기지의 존재는 대통령 각하께서만 알고 계십니다."

이브는 고개를 끄덕이고는 연구원들을 바라보았다. 그리고는 검토해본 서류 몇 장을 꺼내 그들에게 던졌다. 공중을 펄럭이던 서류들이 그들의 손에까지 날아갔다. 연구원들은 화들짝 놀라며 감탄성을 내뿜었다.

"그 건물의 설계도, 주변 도로의 현황, 하수구 모양 그리고 이 나라에 얼마나 유사한 건물이 있는지 알아봐라. 4년 이전 것은 배제하라. 기왕이면 투자자, 기업, 모든 것을 알았으면 좋겠군."

이브는 서류 중에서 쓸모없는 자료는 빼고 오로지 의심 가는 자료만 추려서 그들에게 말했다. 주변에 있던 요원들이 스미스 요원을 바라보다가 그가 고개를 끄덕이자 빠릿빠릿하게 움직였다.

지온은 주변을 둘러보고 있을 뿐이었다. 에멜리아는 지온의 옆에 다정히 서 있었다.

"저희가 누굴 상대하는지 알 수 있겠습니까?"

중년의 남자가 스미스 요원에게 묻자 스미스 요원은 이브를 바라보았다. 그 역시 정확하게 들은 것은 없었기 때문이다. 그러자 모두의 시선이 이브에게 몰렸다.

"그렇군. 간략하게 설명하도록 하지."

이브는 다른 세계의 존재와 타나토스, 그리고 이곳에 온 이유를 간단하게 설명했다. 물론 약간의 각색을 하는 것을 잊지 않았다. 중간에 마법을 써가며 이미지를 그려주자 연구원들, 그리고 요원들은 큰 충격을 받아 멍한 표정을 짓기도 했다. 스미스 요원 역시 사태의 심각성을 인지하기 시작했다.

"그럼 그 타나토스라는 외계 생물체가 지구를 멸망시키러 왔단 말입니까?"

"지금은 약해진 상태라 약간의 시간은 있다."

"회복하기 위해서는 인간의 영혼을 먹어야 한다는 말이군요. 믿기 힘들지만 그것이 사실이로군요."

스미스 요원은 그동안 있었던 일들과 다른 세력의 방해를 떠올리며 다시 입을 떼었다.

"우리 틈에도 배신자가 있는 것이 확실하군요. 어려운 싸움이 될 것 같습니다."

"싸움은 지구인이 하지 않는다. 아니, 할 수 없다는 말이 맞겠지."

"예?"

이브는 지온을 바라보았다. 지온은 모두의 시선이 모이자 살짝 고개를 끄덕여주었다.

"그를 이길 수 있는 것은 오직 지온뿐이니까."

모든 이들의 눈이 초롱초롱하게 빛나기 시작했다. 그들의 눈에는 지금 지온이 지구를 구하기 위해서 온 슈퍼맨 정도로 보였던 것이다.

지온은 어색한 표정을 지으며 시선을 외면했다.

*　　　*　　　*

이브는 이곳을 둥지라 불렀다. 이곳에 있는 최첨단 기기들이 이브의 호기심을 자극했고 며칠되지 않아 모든 것을 전문가 수준으로 다룰 수 있었다. 그것을 보고 경악한 것은 지온과 에멜리아를 뺀 전원이었다. 둥지의 벽에 있는 커다란 스크린에는 미국 전역의 지도가 붙어 있었고 그 옆에는 프린트 된 건물의 설계도면과 각종 배수구의 모습이 붙어 있었다.

요원 하나가 프린트를 건네주자 이브는 그것을 보더니 고개를 끄덕이며 입을 떼었다.

"이브님이 말씀해 주신 건물은 모두 같은 계열사, 그리고 비슷한 자금의 유통 과정을 통해 지어진 건물입니다. 어떻게 이것들의 연계성을 찾으셨습니까?"

"역시……."

"뭐 좀 알아내셨습니까?"

이브는 대답 대신 투명한 보드가 있는 쪽으로 가 펜을 들었다. 그리고 미국 전체 지도를 그린 다음 부분부분 점으로 채워갔다. 그리고 한 번에 점을 이었다.

"이, 이브님? 이것은?"

"4년 동안 무엇을 했는지 알 것 같군."

스미스 요원이 박수를 치자 모두의 시선이 모였다. 이브는 작게 헛기침을 한 후에 입을 떼었다.

"보는 바와 같이 이러한 형태로 미국 전역에 건물들이 지어졌다. 그저 건물로만 존재한다면 아무것도 아니지만 핵심 코어를 끼우게 된다면……."

이브가 마력을 모아 점을 찍자 지도에서 빛이 나기 시작했다.

"오, 오오!"

"비, 빛이 났어?"

"마법이야!"

밝은 빛은 금세 붉은빛으로 바뀌어 어두워지더니 투명한 보드가 일그러지기 시작했다.

뚝! 뚝!

높은 온도에도 버틸 수 있게 제작되었지만 붉은빛은 너무나도 간단히 보드 자체를 녹여버렸다. 순식간에 가운데 구멍이 뻥하고 뚫려버리자 일동 모두가 경악에 빠지며 침을 삼켰다.

"이, 이게 무엇입니까?"

"보는 바와 같다."

이브는 공포로 물들어가는 스미스 요원을 바라보았다.

"미국 전역을 통째로 녹여 모든 사람의 영혼을 먹으려는 거다. 그 과정은 단계적으로 이루어지겠지. 사람의 유전적인 변이, 기상의 변화, 종래에는 대륙의 융해다."

"허억!"

"그 여파는 미국뿐만 아니라 세계 각지를 파괴로 몰아넣을 것이 분명하다."

이브는 지금 미국 자체가 없어질 것을 예언하고 있었다. 더 나아가 세계 자체가 파멸을 초래한다고 말하고 있다. 연구원들과 요원들은 그런 황당한 말에 반발을 하고 싶었지만 지금 보인 장면과 이브의 진지한 눈빛에 어떠한 말도 하지 못했다. 모두 자리에 털썩 앉으며 넋이 나갈 뿐이었다.

"그런 마, 말도 안 되는!!"

스미스 요원 또한 힘이 풀린 듯 그 자리에 털썩 주저앉았다. 이브는 무표정으로 담담히 설명을 이을 뿐이었다. 그제야 스미스 요원은 이브가 인간과는 다른 존재임이 생각났다.

"아직 정확히 파악되지 않았지만 살아남은 생명체는 없을 것이다. 아니, 미국이라는 나라 자체가 말끔하게 사라지겠지."

"그런……!"

"물론 그것은 시작에 불과하다는 것이다. 모든 것이 타락할 것이다."

이곳이 이브가 있던 세계와 다른 점은 대항할 수 있는 존재가 없다는 것이었다. 타나토스가 막대한 마수들을 데리고 일어섰을 때 이브의 세계에서는 인간, 드래곤을 포함한 모든 존재가 그에게 대항할 수 있었다. 하지만 지구인은 할 수 없다.

타나토스의 존재조차 모르는 데다가 마력을 다룰 수 있는 지구인은 존재치 않았다.

"하지만 아직 절망하기에는 이르다. 무엇보다 우리가 지금 알아냈다는 것이 중요하다."

"그, 그렇습니다. 막아야 합니다!"

"우리의 존재를 안 이상 계획보다 빠르게 일을 진행할 것이다."

이브는 타나토스가 그렇게 할 것이라 예측했다. 그는 분명 초조해하고 있을 것이다. 지구에 와서 신처럼 군림하고 있었는데 올 수 있을 리가 없었던 지온이 등장했으니 말이다. 무엇보다 빨리 자신의 본신 능력을 회복시키려 할 것이다.

"지금 당장 보고하겠습니다. 우리는 할 수 있는 모든 조치를 다 할 것입니다!"

"그래야지. 이건 전쟁 따위가 아니다."

이브의 눈이 가라앉았다.

"재앙 그 자체다."

타나토스라는 존재 자체, 그 근원은 절망이라는 이름이 어울리는 재앙이었다.

*   *   *

미국 전체가 비상사태에 빠졌지만 정작 지온은 평온하기만 했다. 일반 시민에게까지는 알려지지 않았고 고위 관계자들이 지금 이 사태를 논의 중이었다. 믿을 수 없다면서 오히려 지온 일행을 잡아들여야 한다는 주장도 있었지만 잡아들일 능력이 되지 않는다는 것을 깨닫기까지는 그리 오랜 시간이 걸리지 않았다.

의심을 부추긴 자들은 오히려 이브에게 추격을 당해 그 실체를 다 불어야만 했다.

지온이 가지고 온 타나토스의 마력에서 영혼을 분리해 타나토스에게 물든 자들을 감별해낼 수 있는 기계를 만들었다. 지금은 모든 과학기술을 동원해 대량생산 체제에 들어갔다.

설마 했던 적들의 실체가 서서히 드러나기 시작하자 미 정부는 공포에 빠졌다. 몇 날 며칠 밤을 새워서 회의를 계속할 정도로 그들은 두려워하고 있었다.

둥지는 충실하게 이브의 뜻대로 움직이며 피해를 막기 위해 최선을 다하고 있다.

"발키리, 잠입에 성공했다."

에멜리아는 귀에 낀 무전기에 손을 올리며 그렇게 말했다. 혼란에 빠진 미 정부가 어찌 되었든 그녀는 지온을 위해 일할 따름이었다. 지온을 몇 번이나 곤란하게 한 타나토스의 존재 자체가 싫은 에멜리아였다.

[수신 완료. 합류 지점에서 대기하겠음.]

"음."

에멜리아는 현재 어느 거대한 생산 공장에 잠입을 한 상태였다. 아티팩트 생산과 관련이 있다고 추정되는 모든 곳을 타격할 작정이었다. 에멜리아는 단독으로 제일 큰 공장을 맡았지만 다른 쪽은 미 정규 특수부대가 통째로 투입될 만큼 많은 인력이 동원되었다.

에멜리아는 작게 숨을 내쉬고 본격적으로 움직이기 시작했다. 몸에 달라붙은 검은색 타이츠는 그녀의 몸을 어둠에 가려주었다. 순수 과학 기술로 만든 작전용 의류였는데 방탄 효과도 있었다. 하지만 이런 꽉 끼는 옷은 그녀의 취향이 아니었다. 무심코 지온이 멋지다는 말을 해주어 얼굴을 붉히며 계속 입고 있을 뿐이었다.

"할리우드 여전사 같다고 하셨던가? 치, 칭찬이겠지?"

검 한 자루면 충분하지만 몇 번 다루어본 권총도 휴대했고 여러 첨단 무기들도 몇 가지 가지고 온 그녀였다.

에멜리아는 날렵한 움직임으로 천장 위에서 아래로 내려 왔다. 그녀가 들어왔음을 알아차리는 자들은 없었다.

공장 내부는 무척이나 탁했다. 대기를 오염시키고 있는 사 악한 마력이 있었기 때문이다. 이런 곳에 계속 있었다가는 육 체뿐만 아니라 정신 또한 오염되어버릴 것이다.

이 공장을 지키고 있는 용병들의 상태가 그랬다. 보통 인간 이라고는 믿기지 않을 정도로 근육이 거대했다.

에멜리아는 잔상을 그리며 달려가 한쪽에서 경계를 서고 있는 자 하나를 베어 넘겼다. 육체를 중간에 잡아 소리 없이 바닥에 눕혔다.

"저것이로군."

에멜리아 눈에 작동하는 기계들 사이로 타나토스의 마력 을 품고 있는 기둥 하나가 보였다. 투명한 유리 기둥이었는데 그 안은 자줏빛으로 일렁이고 있었다.

그것을 바라보는 것만으로도 머리가 어지러웠다. 지독한 사념이었다.

"발견했다."

에멜리아는 굽혔던 허리를 펴며 유리 기둥을 응시했다. 에 멜리아는 검을 손에 쥐고 본격적으로 마력을 운용했다. 에멜 리아가 유리 기둥에서 얼마 떨어지지 않은 곳에 나타나자 주 위에서 경계를 하고 있던 자들이 총을 겨누었다.

슈욱!

하지만 에멜리아의 움직임이 더 빨랐다. 품에서 작은 송곳을 꺼낸 에멜리아가 빠르게 송곳을 던지자 총을 겨눈 자들의 목에 박혀 들었다.

퍼엉!

목에 박혀들자마자 폭발음을 내며 터져버렸다. 에멜리아는 과학의 힘에 조금 감탄하며 유리 기둥을 향해 달려가기 시작했다.

투드드득! 콰앙!

난간에 있던 자들이 총기를 버리며 그대로 뛰어내려 유리 기둥 앞에 섰다. 그들의 키는 이 미터가 넘었고 육체는 정상이 아니었다.

"트롤과 비슷하군."

에멜리아는 차분한 눈으로 그들을 바라보았다. 은빛으로 반짝이는 흉흉한 둔기를 들고 있던 이 자들은 이미 몬스터라 불러도 무방했다.

에멜리아는 손목시계를 바라보다가 시간이 촉박함을 알고 마력을 방출하며 달려들었다.

휘이익!

거대한 흉기가 에멜리아를 향해 휘둘러졌다. 하지만 에멜리아는 그것에 당할 만큼 실력이 낮지 않았다.

서걱!

가벼운 발걸음으로 흉기를 피하고 오히려 파고들어 사타구니부터 머리 위까지 베어 넘겼다. 붉은 오러가 방출되며 막강한 절삭력으로 육체를 갈라버린 것이다.

"시간이 없다. 빨리 끝내도록 하지."

에멜리아의 움직임이 급속도로 빨라졌다. 점차 가속되며 잔상을 그릴 지경에 이르자 순식간에 그들의 눈에서 사라졌다.

서걱! 서걱!

그들은 자신의 몸이 서서히 기울어짐을 알고 눈을 부릅떴다. 하지만 사고가 이어지지 않았다. 그들의 머리가 바닥에 굴러떨어졌기 때문이다.

에멜리아는 깊은 호흡을 내쉬며 과열된 몸을 진정시켰다. 그러며 품에서 작은 기계 장치를 꺼내 유리 기둥 안에 쑤셔 넣었다.

마력에 스며들어 흐름을 완전히 추적하는 장치였다. 이브가 밤을 꼬박 새워서 만들어낸 회심작이기도 했다.

콰득!!

유리 기둥의 부서진 틈에서 검은 기류가 새어나가며 에멜리아에게 뻗어왔다. 에멜리아는 뒤로 황급히 피하며 유리 기둥에 붉은 참격을 날렸다. 손목시계에서 알람이 울렸다. 에멜리아는 망설임 없이 뒤로 돌아 뛰기 시작했다. 에멜리아는 벽을 검으로 베며 막힘없이 나아가 출구 쪽에 도달했다. 막 출구로 나갈 때쯤 하늘에서 떨어진 어마어마한 폭격이 지면을 강타했다.

"흡!"

에멜리아는 마력을 방출하며 빠르게 팅기듯 건물 밖으로 나왔다. 그리고 바닥을 박차며 최대한 빨리 그곳에서 이탈했다.

콰아아아아아앙!!

하늘을 가르는 포격이 연이어 거대한 건물에 떨어졌다. 화염 기둥이 솟구쳐 오르며 건물은 폭삭 주저앉았다. 타오르는 화염 사이로 검은 마력의 기류가 어디론가 날아가기 시작했다. 에멜리아는 몸에 붙은 잔해들을 털어내며 검은 마력의 기류를 바라보았다.

"작전을 완료했다. 합류 포인트에서 대기하겠다."

에멜리아는 그렇게 말하고는 등을 돌렸다. 에멜리아가 사라지자 화염이 한 차례 더 치솟으며 그 일대가 소각되었다.

*   *   *

[지온, 시작되었다.]

지온은 고개를 끄덕이며 정면의 높은 빌딩을 응시했다. 품에서 시계를 꺼내어 빌딩을 향하게 했다. 그러자 시곗바늘이 모두 빌딩 쪽을 향해 맹렬히 흔들렸다.

"이걸로 시간을 좀 벌겠지."

[타나토스 휘하의 기업이다. 공장은 이미 폭파 작전이 진행 중이고 오염이 심한 곳에는 에멜리아를 보냈다. 그리고…….]

"알아. 여기가 가장 위험한 곳이라는 것쯤은."

몇 군데 후보지 가운데 지온이 직접 이동해가며 고른 곳이었다. 생각보다 미국 정부의 힘은 대단해서 아주 많은 도움이 되었다. 특히 이브에게 어느 정도 지휘권을 준 탓인지 진행 속도는 상당히 빨라졌다.

"뜻밖의 수확이군."

빌딩 앞에 서 있는 것만으로도 불쾌한 존재감이 느껴졌다. 지온은 타나토스가 이 빌딩에 있다고 생각할 수밖에 없었다. 지온은 손에 들린 커피 컵을 쓰레기통을 향해 던지고는 빌딩을 향해 걸어갔다. 지온이 움직이자 주변에 있던 요원들이 준비된 자들에게 신호를 보냈다.

빌딩의 주변을 봉쇄하고 인근 건물의 사람들을 빨리 대피시키려 하는 것이다.

[지온, 함정일 가능성이 크다.]

"이미 날 발견했군."

지온은 시선을 느끼며 걸었다. 빌딩 앞까지 이동했지만 마중 나오는 자들은 없었다. 흔히 있어야 할 경비원조차 보이지 않았다. 노골적으로 열려 있는 문이 지온보고 들어오라는 의사를 보내고 있었다.

지온은 망설임 없이 안으로 들어섰다. 지온이 빌딩 안으로 들어서자 빌딩의 문이 잠기며 공간이 일렁거렸다. 지온은 단숨에 이 빌딩 자체가 마법진 역할을 하고 있음을 알아차렸다. 인간으로서는 엄두도 내지 못하는 마법이었지만 타나토스에게는 아무것도 아닐 것이다.

현대적이었던 빌딩의 내부가 점점 기괴하게 일그러지더니 호러 영화에나 나올법한 광경으로 바뀌었다.

"공간 자체를 만들었군."

상당한 마력이 들었을 것이라 생각했다. 알맞은 육체가 없는 이상 본신 전력을 전부 발휘할 수 없고 마력 생성도 원활하지 못하니 인간들의 영혼을 흡수해 마력을 생산한 것이 분명했다. 거기까지 생각이 미치자 지온의 얼굴이 구겨졌다.

존재 자체가 그런 존재였다. 그에게 인간의 죽음 따위는 아무것도 아닌 것이다. 그에겐 이 모든 것이 인간이 개미를 잡아 죽이는 것과 다름없었다. 존재의 격으로만 상대를 판단하는 그가 인간들을 존엄한 존재로서 대우해줄 리 없었다.

"마력이⋯⋯?"

지온은 마력이 서서히 빠져나가는 것을 느꼈다. 타나토스의 공간 자체에서 지온의 마력을 용납하지 않은 것이다. 골치가 아파졌다고 생각한 지온은 고개를 설레설레 내저으며 위를 바라보았다.

지온은 마력을 최대한 억제하며 빠져나가는 것을 막았다.

수도꼭지가 조여진 듯 빠져나가는 양이 적어졌지만 완전히 막지는 못했다.

투드득!

바닥을 뚫고 사람 형상의 것들이 기어 나왔다. 그것은 언젠가 본 적이 있는 구울이었다. 보통 구울들과는 다르게 현대적인 옷을 입고 있는 것을 보면 지구의 사람들을 재료로 삼아 만든 것이 분명했다.

"적이 없으니 자기가 신인 줄 알고 있군."

지온이 없었다면 이 지구란 행성은 타나토스에게 있어 달콤한 사탕에 불과했을 것이다. 지온은 무언가 자신이 지구로 다시 온 것이 운명인 것 같은 느낌이 들었다. 그와 대적하고 여태까지 해왔던 모든 일들이 말이다.

"후……."

지온은 호흡을 길게 빼고 달려들기 시작한 구울들을 바라보았다. 마력의 사용을 최대한 억제하며 푸른 검을 뽑아냈다.

서걱!

마력 사용의 제한으로 움직임이 둔해졌지만 구울들을 처리하는 것에 있어 그 어떤 장애도 되지 않았다. 정면으로 검을 휘두르자 셋이 한꺼번에 베이며 한 줌의 재가 되었다. 뒤에서 덮쳐오는 구울들을 빠르게 베고 몸을 크게 돌리며 여럿을 없앴다.

사르르륵!

지온의 움직임이 멈추자 구울들의 몸이 바닥에 떨어지더니 재로 변해 버렸다. 지온이 검을 내리며 위로 오르려는 순간이었다.

바닥이 들썩였다. 바닥이 마치 액체로 만들어진 것처럼 울렁이고 있는 것이다. 지온은 몇 걸음 물러나며 밑을 살폈다.

푸숙! 푸숙!

바닥이 무너지며 올라온 것은 조금 전 바로 그 구울들이었다.

"미친……."

다른 점이 있다면 그 숫자가 어마어마하게 많다는 것이었다. 구울들이 서로의 육체를 밟으며 끊임없이 뿜어져 나왔다. 거대한 군집이 된 모습은 바다에 있는 물고기 떼를 연상시켰다.

지온은 멍하니 그것을 바라보다 다급히 검을 들었다. 마력 소비가 점점 많아지는 것이 지온에게 위기감을 불러일으켰다.

파도가 되어버린 구울의 군집이 지온을 향해 입을 벌려왔다. 서로 육체를 밟고 구르며 기어 지온을 씹어먹으려 다가오고 있는 것이다.

두드드드드!

주변과 바닥이 울릴 정도로 대단한 기세였다. 지온은 질린 듯한 표정으로 구울의 군집을 바라보다가 검을 정면으로 뻗었다.

지온을 구울의 군집이 덮쳐버렸다. 보통이라면 그대로 육체가 산산조각 나서 형태조차 알아볼 수 없을 것이다.

서걱! 서걱!

무수히 베는 소리가 들려왔다. 지온의 몸에 달라붙어 거대한 구체를 이룬 구울의 군집이 들썩이기 시작했다. 몇 번 그렇게 들썩이나 싶더니 안에서 푸른 섬광이 뿜어져 나왔다!

"하아앗!"

콰가가가가가!

구울들이 모조리 튕겨져 나갔다. 수천에 이르는 구울들이 벽에 부딪히며 바닥에 떨어져 내렸다. 그 순간 지온이 바닥을 박차고 날아올랐다.

서걱!

떨어지는 구울을 베고 조각나 사라지기 시작한 구울을 밟으며 빠르게 뛰어올랐다. 벽을 달리며 질주하다 떨어져 내리는 구울들을 베어버렸다.

파앗!

구울과 구울을 밟으며 위로 뻗어 간다. 마력을 최대한 아끼며 육체 능력에 의존하여 날아오르고 있는 것이다. 지온이 지나칠 때마다 구울의 몸이 재가 되어 바닥에 떨어졌다. 무수히 내리던 구울의 비가 그친 것은 지온의 몸이 상당히 높은 곳에 도달했을 때였다.

후두두둑!

지온의 몸을 스쳐 지나가며 바닥에 처박힌 구울들이 마지막이었다. 지온은 자신이 서 있는 난간 밑을 보며 고개를 설레설레 저었다.

"구울은 정말 싫어."

도저히 정을 붙일 수 없는 것들이었다. 구울에 비하면 오우거나 트롤은 봐줄 만하다고 생각할 정도였으니 말이다.

지온은 찢어진 자켓을 바라보며 한숨을 내쉬고는 자켓을 벗어 난간 밑으로 던졌다. 이성이 없는 구울들이 자켓에 달라붙으며 난동을 피워댔다.

"싱거운 환영식인데?"

지온은 피식 웃으며 옆쪽에 있는 계단을 향해갔다. 계단에 오르는 순간 뒤에서부터 짐승의 울음소리가 들렸다.

"음?"

고개를 들어 뒤를 바라보니 거대한 늑대가 지온을 바라보며 침을 흘리고 있었다.

"크아아앙!"

지온을 먹어치우려 빠르게 돌진하기 시작했다. 강력한 힘으로 주변을 박살 내는 것을 보니 역시 보통 늑대가 아니었다. 늑대의 이빨은 탱크라도 간단히 씹어 먹을 것 같았다.

지온은 자신의 몸에 늑대가 닿기 직전 그대로 몸을 회전시키며 늑대의 등 위에 올랐다. 그리고 검을 늑대의 목에 박아

넣었다.

"크아아앙!"

고통으로 울부짖으며 늑대가 빠른 속도로 계단 위로 오르기 시작했다. 눈앞에 보이는 모든 장애물을 부수고 계단 끝에 도착하자 지온은 검에 힘을 주어 늑대의 목숨을 끊었다.

스으으윽!

달려가던 늑대가 그대로 바닥에 고꾸라지며 앞으로 밀려났다.

"쓸 만하군."

늑대가 완전히 멈춰서 죽어버리자 지온은 늑대를 밟으며 바닥에 내려섰다. 지온이 도착한 것은 제법 거대한 공간이었다. 최신식 전자제품들이 가득하고 고급스러운 현대식 실내장식이 되어 있는 공간이었다.

거대한 TV 옆에 가죽 소파가 있었는데 그 위에 앉아 있는 것은 중년으로 보이는 백인 남자였다. 거대한 체구에 양복을 걸치고 잔에 술을 따르고 있었다.

"오랜만이군."

그가 먼저 인사를 건네 왔다. 웃고 있는 그는 상당히 인상이 좋아 보였다. 모르는 사람이 봤더라면 단번에 호감을 가질 만한 그런 인상이었다.

"많이 약해졌군. 타나토스."

지온은 검을 없애고 그에게 걸어갔다. 그는 부정하지 않으며 고개를 끄덕였다.

"한잔할 텐가?"

"사양하도록 하지."

지온이 소파 앞에 도착하자 그는 피식 웃으며 잔을 단숨에 들이키고는 잔을 테이블 위에 올려놓았다.

"넌 참 지겨운 존재야, 지온. 내가 하는 일 모두를 망쳐놓으니 말이야."

"그곳에서 같이 죽더라도 널 없애버려야 했어."

"난 말이야, 이 지구가 마음에 드네. 같이 신이 되는 것은 어떤가?"

"내 대답은 이미 알고 있을 텐데?"

"아쉽군."

타나토스는 고개를 들어 지온을 바라보았다. 탐욕이 가득한 타나토스의 눈동자는 예나 지금이나 지온에게 위압감을 가져다주었다.

"이 지구에 얼마나 많은 절망이 있는지 알고 있나? 저쪽 세계는 발끝에도 못 미칠 정도로 미쳐 있는 행성이다. 게다가 과학이라는 것은 참으로 유익해. 이러한 육체는 얼마든지 만들어낼 수 있지."

지온의 눈이 날카로워졌다. 금방이라도 그를 베어버릴 것 같았지만 참고 있는 모습이 역력했다.

"조정을 해야겠지만 얼마 동안 버틸만한 그릇은 충분히 만들어낼 수 있다. 물론 지금 여기에 있는 이 육체도 만들어낸 것이지."

"재료는 인간이겠지."

"그만큼 좋은 재료가 또 있을까? 미약하지만 영혼도 먹을 만하고 말이지."

지온은 검을 뽑아내며 그의 목에 겨누었다. 그는 피식 웃고는 지온의 검을 잡았다. 그의 손이 터져나갔지만 그는 웃고 있을 뿐이었다.

"본체가 아니군."

"이걸 대체할 육체는 얼마든지 있지. 아쉽지만 네가 날 죽일 방법은 없다네. 링크시켜놓은 것에 불과하니 말이야."

지온은 인상을 찡그리며 손을 뻗어 멀리 있는 의자를 끌고 왔다. 그리고 의자에 앉았다.

"4년 동안 많은 것을 깨달았네, 지온."

그는 빈 잔에 술을 따르며 지온에게 건넸다.

"지구는 그야말로 나만을 위한 공간이야."

"무슨 꿍꿍이지?"

"너도 어느 정도 눈치채고 있겠지? 내가 하고 있는 일을 말이야."

지온은 잔을 들고는 고개를 끄덕이며 입을 떼었다.

"미국을 통째로 집어삼키는 것 말인가? 본래의 힘을 회복하기 위해서."

"그래, 제법 재미있지 않나? 지구에서 가장 잘나가는 나라가 순식간에 없어질 것이 말이야. 하지만 그건 어디까지나 시작에 불과해. 조금 내 취미가 섞인 여흥이기도 하지."

"그렇게 하게 두지 않겠어."

타나토스는 고개를 가로저었다. 그가 자리에서 일어나기 시작했다. 2m에 가까운 그의 체격은 지온보다 훨씬 커다랬다. 이 빌딩 자체가 타나토스의 위장과도 같았지만 그의 본체가 이곳에 없음은 분명했다. 위험을 감수하면서까지 지온과 대면을 하지는 않았을 것이다. 그의 몸이 일그러지더니 점점 부풀어 오르기 시작했다.

마력이 육체를 오염시키고 있는 것이다. 지온은 인상을 찌푸렸다. 마력이 점점 빠르게 소모되고 있음을 느꼈다.

"지구에서는 마력 회복이 더디지. 특히나 영혼체일 경우에는 자연적으로 회복이 불가능하다. 인간의 영혼을 마력으로 바꾸는 방법이 가장 빠르긴 하지만……."

지온은 자신의 마력이 그의 육체에 흘러감을 느꼈다.

"내 마력을 노린 건가? 치졸한 함정이군."

"일회성이긴 하지만 말이야."

지온은 혀를 차며 그를 노려보았다. 그는 여유로운 눈으로 지온을 바라보았다.

"넌 날 막을 수 없어. 난 널 굳이 죽이려 하지 않을 거야. 망가져 가는 지구를 감상해보라고."

"날 너무 무시하는군."

지온은 순식간에 검을 뽑아 그의 심장에 쑤셔 넣은 다음 주먹으로 얼굴을 후려쳤다. 그의 몸이 소파에 부딪히며 뒤로 쭈욱 밀려 나가다가 유리창 밖으로 떨어져 내렸다.

그는 떨어지는 와중에도 소파에 앉아 여유를 부렸다.

'밖에 나가면 마력의 손실 따위는 없어진다.'

지온은 그대로 깨진 유리창 밖으로 몸을 날렸다. 지온의 눈에 들어온 것은 아래로 떨어져 내리는 소파에 느긋하게 앉아 있는 타나토스였다.

지온의 눈에는 모든 것이 느리게 보였다. 떨어지는 유리파편 사이로 타나토스의 미소가 지온에 눈에 잡혔다. 지온은 손에 들린 검을 빠르게 던졌다.

푸욱!

그의 가슴에 정확히 박혀 들자 그의 몸이 가속도가 붙으며 빠르게 지상으로 낙하했다.

콰앙!!

아스팔트 바닥이 비산하며 사방으로 날렸다. 지온은 그에 그치지 않고 검을 계속 생성하여 지상을 향해 던졌다.

쾅! 콰아앙! 쾅!!

마치 전차 포탄이 뿜어져 나오는 듯한 소음과 함께 충격파가 주위의 자동차들을 날려버렸다. 주변에 포진해 있던 군인들은 지온의 공격을 보고 넋을 잃고 있다가 다급히 총을 들고 타나토스가 떨어진 자리를 쏘기 시작했다.

"쏴버려!!"

"화력을 집중시켜라!"

타다다다다 콰앙!!

현대 무기의 화력이 집중되자 지면이 들썩였다. 이변이 일어난 것은 지온이 지상에 발을 디딜 때였다.

콰앙!

연기 속에서 손이 불쑥 튀어나오더니 아스팔트를 뜯어 던졌다. 건물에 박혀 들어가자 건물 한 채가 그대로 무너져 내렸다.

지온이 그들보고 물러나라는 제스쳐를 취하자 그들은 바삐 무전을 하며 즉시 그 자리에서 이탈했다.

"링크가 끊어졌군."

몸을 일으킨 것은 타나토스가 아니었다. 그저 그의 파괴본능을 뒤집어쓴 육체일 뿐이었다. 지온에게서 흡수한 마력이 그 육체의 몸에 스며들어 변이를 일으키고 있었다. 흡수한 대부분의 마력은 타나토스가 자신의 본체로 가져갔지만 잔존 마력이 남아 있었다.

"크아아아아!!"

마치 헐크를 보는 듯했다. 초록색 피부가 아니라 검은 껍질을 연상시키는 피부를 지니고 있었다. 근육은 크게 부풀어 마치 갑옷처럼 빼곡하게 자리 잡았다.

침을 흘리는 모습은 이성이란 것이 존재하지 않음을 잘 알려주었다.

"해외 토픽감인데?"

타나토스는 지온이 자신을 찾아내지 못할 거라 확신하고 있었다. 분명 지온 혼자였다면 그랬겠지만 아쉽게도 이브와 같이 지구에 넘어왔다. 무력적인 면을 제외한다면 이브는 결코 그의 아래가 아니었다.

"방심을 하다니, 타나토스도 약해졌군."

적이 없는 지구의 생활에 물들어서일까? 그 강대했던 존재라고는 생각되지 않을 만큼 그저 비열해져 있었다. 두려움을 넘어 경이까지 이끌어냈던 존재가 스스로 그 자리에서 끌어내려 지고 있는 것이다.

"크아아아!"

괴물의 주먹이 지온에게 내리꽂혔다. 전차를 종이쪼가리처럼 만들 수 있는 힘이 담겨 있는 주먹을 지온은 팔을 들어 막았다.

콰앙!

바닥이 움푹 파이며 지온의 발이 대지에 박혔다. 지온의 모습은 평온했지만 오히려 공격한 괴물의 팔이 떨리고 있었다.

"시큰거리는군."

마력으로 보호했지만 약간의 타격이 있었다. 이 정도 되는 괴물이 만약 대량 생산 가능하다면 현대 무기조차 당해낼 수 없을 것이다. 타나토스는 마법과 과학의 결합을 이용해 자신의 세계를 창조하려 할 것이다. 그것은 그와 교감을 해본 지온이 잘 알고 있었다.

퍼억!

지온은 연이어 뻗어오는 거대한 주먹을 두 손으로 잡았다. 충격파가 뿜어져 나오며 주변의 먼지를 단번에 날려버렸다. 지온은 마력을 분출하며 힘을 주었다. 괴물의 육중한 몸이 위로 들려지더니 지온이 몸을 회전시키며 빌딩을 향해 던졌다.

슈우웅! 콰앙!!

믿을 수 없게도 괴물의 거대한 몸이 빠르게 하늘로 뻗어 가더니 빌딩에 그대로 처박히고 말았다. 지온의 공격은 거기서 끝나지 않았다.

지온이 두 손을 뻗자 지금까지 볼 수 없었던 거대한 푸른빛이 뿜어져 나오며 양손 검 형태를 만들었다. 마력 소비가 상당하지만 힘든 정도는 아니었다. 피해가 커지기 전에 모두 소멸시켜버릴 작정이었다.

저 기분 나쁜 빌딩도 함께 말이다.

주변의 대지가 진동한다. 공간의 층마저 갈라버리는 검의 마수의 권능이 이 자리에서 강림한 것이다.

지온은 힘 있게 한 걸음 내디뎠다. 그와 동시에 검을 뒤로 빼며 거대한 참격을 준비했다.

"하이아앗!"

기합과 함께 섬전과도 같은 빠르기로 검이 베어진다! 공간 층이 밀려나며 시각을 기이하게 변형시켰다. 빛과 소리가 일그러지며 소름 끼치는 광경을 만들어냈다.

빌딩에 참격이 닿는 순간 그저 잠깐의 번쩍임이 있을 뿐이었다. 무너지는 소리나 광경은 보이지 않았다. 그저 일그러져 왜곡되고 공간을 빨아들이는 검은 점만이 보일 뿐이었다. 주변의 공간이 검은 점에 빨려 들어가다가 갑자기 팽창했다.

콰아아아아아!

고막을 찢을 듯한 소음이 주변에 울려 퍼졌다. 동시에 빨려 들어갔던 빛이 다시 방출되며 지상에 태양이 떨어진 듯한 광경을 연출해냈다.

지온은 검을 없애며 묵묵히 빌딩이 있던 자리를 바라보았다. 빌딩이 있던 곳은 거대한 구덩이만 파여 있고 빌딩의 존재 자체가 보이지 않았다.

전신의 마력을 전부 써서 이러한 참격을 펼친다면 어떠한 결과가 일어날지 지온조차 짐작되지 않았다.

"상황 종료."

지온은 낮게 중얼거리며 이브에게 말하고는 혹시나 있을 부상자를 찾기 시작했다.

둥지에 있던 모든 요원과 연구원 그리고 파견된 관계자들은 스크린에 비치는 영상에 경악을 금치 못했다.

"여, 역시 외계인의 침공이군."

"이건 스케일 자체가 다른데?"

에멜리아가 단신으로 공장을 폭파한 것까지는 어느 정도 허용 범위였지만 지온의 경우에는 달랐다. 측정된 파워로는 강철조차 가볍게 구길 정도의 완력을 지닌 괴물이었다. 미래에 생체 병기가 완성된다면 아마 저럴 것이라고 연구원들은 생각했다.

그런 괴물 앞에 지온은 연약하기 그지없게 보였는데 그 결과는 입이 떡 벌어질 만큼 믿을 수 없는 것이었다.

"소형 블랙홀?"

"저게 마법인가?"

"인간이 아니야, 확실히."

지온이 보여준 참격은 지구의 물리법칙을 깡그리 무시하는 것이었다. 당장에라도 달려가서 연구하고 싶었지만 지금은 전시에 준하는 상황이었기에 꾹 눌러 참는 연구원들이었다.

"제법 익숙해졌군."

"이, 이브님, 도대체 지온님은 어떤 분이십니까?"

"말하기 힘든 존재다. 그저 나와 같이 외계에서 왔다고 생각해라."

지구의 지식으로 따지면 이브는 확실히 외계인이었다. 지금은 어렴풋이 자신의 고향이 이곳과 다른 은하계, 또는 다른 우주에 위치해 있을 것이라 생각하는 중이었다. 지구에 오면서 그녀의 지식 개념도 넓어져 여러 가지 유추가 가능했다.

"우리가 상대해야 할 괴물은 시공간마저 넘나들 수 있는 권능을 지닌 녀석이라는 걸 명심해라."

이브의 말에 모든 시선이 이브에게 모였다. 파견 나온 관계자들은 다급히 어디론가 전화를 했고 높은 어조의 말들이 오갔다. 비협조적이었던 정부 관료들은 이제 모두 미국의 안위를 걱정할 준비가 되어 있었다.

은폐 작업도 동시에 이루어지고 있었다. 각 나라의 정부 측에서는 미국의 사태를 알아차리기는 했지만 발표는 하지 않았다. 외계인이 쳐들어와 사람을 모두 녹여 먹는다는 것이 발표되기라도 한다면 지구는 대비할 수 없는 혼란에 빠지게 된다.

안 그래도 인터넷을 통해 이런 기이한 현상에 대해 들끓고 있어서 혼란이 일어나려는 조짐이 있었다.

"타나토스가 꼬리를 흘렸다. 이제 역추적을 할 수 있겠지."

"현장에서 회수해 오도록! 자, 어서 움직여!"

점점 다가오고 있는 멸망을 느끼며 모두들 긴장감을 감추지 못했다.

제6장
한국으로

SAVER
섬광의
세이버

지온이 둥지에서 지낸 지 일주일 정도가 흘렀다. 정부의 전폭적인 원조를 받아 이브가 알아낸 건물들을 빠르게 철거했고 타나토스 휘하의 기업들을 착실히 제거해나갔다. 그 와중에 각종 언론이나 시민 단체 등의 반발이 있었지만 그것은 지온이 상관하는 바가 아니었다.

각종 음모론과 외계인 침략설이 불거져 나왔지만 현실은 더 심각한 터라 작전 진행에 브레이크 따위는 없었다.

"빨리 제거하지 않으면 안 돼."

미국은 지온의 나라가 아닐뿐더러 딱히 애정이 있는 것도 아니었다. 하지만 지온의 마음이 불편한 이유는 따로 있었

다. 아무 죄 없이 말려든 지구의 사람들에 대한 죄의식이었
다.

지온이 멋지게 타나토스를 저지했더라면, 그의 유혹에
말려들지 않았더라면 이러한 사태는 일어나지 않았을 것이
다.

"후……."

지온은 한숨을 내쉬고는 벽에 등을 기대었다. 그런 그의 마
음을 아는지 모르는지 둥지의 요원들과 관계자들은 모두 지
온을 영화나 만화에나 나오는 히어로로 여기고 반짝이는 눈
으로 그를 바라보았다. 지온이 보여준 무력은 슈퍼맨이라 칭
해도 될 정도였으니 말이다.

"외계에서 지구를 구하러 왔으니 슈퍼맨이랑 비슷한
가?"

"근데 외계인은 다 저렇게 잘생겼어?"

"로즈와 발키리도 장난이 아닌 미모잖아."

조금 유치하긴 하지만 코드 네임까지 부여받았는데 로즈
는 에멜리아고 발키리는 이브였다. 지온은 나이트 따위라 불
리고 있는 모양이었다. 예전 전장이 생각난다며 조금은 들떠
있는 에멜리아였고 이브는 그런 것 따위는 어찌 되었든 괜찮
다며 만화책을 보고 있었다. 이브의 취미가 다양해지는 것이
조금은 두려운 지온이었다.

타나토스와 만난 이후 테러도 잠잠해지고 그의 수하들

도 제법 많이 걸러내 져 상황과는 안 맞게 제법 평화로웠다.

"놈이 움직이지 않고 있는 건 이미 준비가 끝났다는 거겠지."

마법진의 배열을 바꾸고 주요 거점을 없애긴 했지만 그것만으로 충분하지는 않았다. 마법진 발동의 핵심이 되는 코어를 찾아내야만 했다. 이브는 그것이 타나토스의 본체가 있는 곳에 위치해 있다고 추측할 뿐이었다.

"마법진 발동까지 얼마나 남았지?"

"아, 예. 마력이라 불리는 정신 에너지 물질이 모으는 속도로 볼 때 임계점에 이르는 순간은 약 이 주일 후입니다."

연구원은 각종 데이터를 스크린에 띄우며 지온에게 설명했다. 어느새 지온은 둥지라 불리는 곳에 실질적인 수장이 되어 있었다. 미 대통령과의 만남도 주선되고 있는 눈치고 후에 있을 외계인 침공에 대한 전략 작전에도 참가해주길 바라는 눈치였다.

'타나토스의 일이 끝나면……'

아직 계획은 없었지만 모든 일에서부터 자유로워지고 싶은 마음뿐이었다. 이브와 에멜리아가 곁에 있다면 어디에서도 심심하지는 않을 것 같았다.

"미국 내에서는 특이점이 발견되지 않고 있습니다."

"마법진이 활성화되고 있다면 분명 미세한 파동이라도 관측되어야 하는데……."

연구원의 말에 이브는 살짝 고개를 갸웃하며 그렇게 말했다. 그러다가 무언가 알아챈 듯한 눈빛을 하고는 자판을 두드렸다. 그러자 미국 전역을 비추던 스크린이 축소되며 다른 나라의 모습까지 보이게 되었다.

이브는 에멜리아가 부착한 추적 장치의 데이터를 스크린에 겹쳐보았다. 수많은 도표와 함께 각종 측정 데이터가 지나갔다. 이브의 손끝이 떨린 것은 바로 그때였다.

"지온."

"음……."

지온은 이브가 하려는 말이 무엇인지 짐작이 갔다. 그 역시 그리 좋은 표정은 아니었다.

"설마 원격 전송 방식으로 다른 나라에서 코어를 구축했을 줄이야. 게다가 마력을 이 정도로 분산시켰으니 알아차리지 못한 것이 당연하다."

미국을 녹여버리는 마법진의 시동키나 마찬가지인 핵심 코어는 다른 십여 개의 국가에 그 모습을 숨긴 채 분배가 되어 있었다. 덕분에 더욱 희미해진 마력은 미국에서 탐지하기엔 무리가 있는 것이었다. 이브의 해석과 추론이 아니었다면 결코 발견해내지 못했을 것이다.

"가장 중심이 되는 것은 이 나라에 있군."

"아⋯⋯."

지온은 참으로 운명의 장난이 아닌가 하고 생각했다. 이브
가 가리킨 곳은 과거 자신의 나라인 한국이었다.

"가장 중요한 코어의 중심이니만큼 타나토스의 본체가 그
곳에 있을 가능성이 크다."

이브의 말이 떨어지자마자 요원들은 빠르게 움직이기 시
작했다.

"지금 당장 연락해! 협조를 구해야 한다!"

"아, 알겠습니다!"

그런 와중에도 지온은 가만히 서 있을 뿐이었다. 지온은 자
신의 나라였던 한국이 이러한 사태에 휩쓸린 것이 조금은 충
격이긴 했다. 그리고 확실히 타나토스가 세계의 종말을 이끌
존재라는 것이 실감이 났다.

"한국인가⋯⋯."

지온은 그리움이 담긴 어조로 중얼거리듯 말했다. 모든 일
이 끝나고 가리라 생각했던 곳을 결국 재앙을 막기 위해 가야
만 했다.

*　　　*　　　*

지온은 둥지에서 좌표 추출을 한 다음 바로 빠르게 한국
으로 이동했다. 이브와 에멜리아는 후에 정식적인 절차를

밟고 한국에 올 것이고, 불온한 움직임을 하루빨리 포착하기 위해 지온이 텔레포트를 해서 바로 한국에 온 것이었다.

"이곳만은 무사하길 바랐건만……."

한국에 도착한 지온은 낯익은 환경에 눈빛이 살짝 흔들렸다. 모든 일이 완료된 후에 한국에 오려 했지만 애석하게도 지금 이렇게 와 있는 까닭이었다.

상대가 상대이니만큼 도시 하나가 없어지는 것은 일도 아닐 것이다. 지온은 호흡을 길게 내쉬었다. 익숙한 고향의 향기는 그리 감미로운 것이 아니었다.

"역시 좋은 공기는 아니군."

서울의 공기는 저쪽 세계에 비하면 극히 안 좋다고 할 수 있었다. 아마 엘프들이 왔더라면 안색이 파랗게 질릴 것이 분명했다. 게다가 미세하게 섞여 있는 타나토스의 냄새는 지온의 미간을 찌푸리게 했다.

빌딩의 옥상에 서 있던 지온은 일단 거리에 내려섰다. 품에 있던 핸드폰이 울리기 시작했다. 이브의 개조를 통해 마도구와 다름없어진 스마트폰이었다.

한국 정부에서도 최대한 협조한다는 연락이 왔다는 메시지가 떠올랐다. 타나토스와 전투가 벌어진다면 전투에 개입을 한다고 해도 도움이 되지는 않겠지만 일반 시민들을 대피시키는 데 큰 도움이 될 것이다.

"놈도 지오프가 한국에 있음을 눈치챈 건가?"

지온이 제일 걱정하는 것은 바로 지오프가 타나토스에게 흡수되는 일이었다. 다른 육체에 정착한 영혼일지라도 보통 인간의 영혼과는 질적으로 달랐다.

타나토스가 지오프를 흡수한다면 예전의 힘을 되찾고 더 나아가 육체를 재생하는 데 큰 도움이 될 것이다. 그런 최악의 경우를 막아야 했다.

지온이 그런 고민을 하며 거리를 무작정 걷고 있을 때 시선이 모이는 것을 느꼈다. 모이는 시선에는 익숙했지만 장소가 한국이라는 것이 제법 신선했다.

'예전엔 외모가 흉악해서 다른 느낌의 시선이었지.'

외모가 흉악한 이유는 아마 지오프의 영혼이 지구의 육체와 맞지 않기 때문일 것이다. 겨우 육체 붕괴를 면했지만 몸이 비대해지고 일그러진 것이다. 좋게 보면 건장한 깡패 같은 느낌이라 다가오는 자들은 극히 적었다. 그래도 삐뚤어지지 않은 것은 헌신적인 부모님의 사랑이 있었기 때문이다.

대학 때문에 자취방을 따로 구해 나온 이후로부터 제법 고독했지만 그래도 버틸만했다. 자신의 외모를 탓하는 것은 부모님을 탓하는 것이라 여기며 늘 밝게 살려고 노력한 지온이었다.

'난 불행하지 않았어.'

한심하게 짝사랑에 힘들어하고 좌절한 것이 우습기만 했다. 지온은 문득 자신이 제법 성장했음을 깨달았다. 살아온 일생을 돌아볼 정도로 말이다.

"이, 익스큐즈 미?"

"예? 무슨 일이시죠?"

제법 성숙해 보이는 소녀가 얼굴을 붉히며 서툰 영어를 건네왔다. 지온은 물론 한국어로 대답했다. 오랜만에 내뱉는 한국어가 조금은 어색했다.

"한국어 잘하시네요! 저기, 시간 좀 되세요? 그쪽이 마음에 드는데……."

말을 건 소녀가 어디선가 본 듯이 낯익었다. 키가 작고 귀여운 얼굴이지만 당돌한 눈매를 지니고 있는 소녀. 제법 동안으로 보이는 이 소녀는 예전에 지온이 짝사랑으로 시름에 잠기게 했던 그 소녀였다.

'이제는 아무렇지도 않군.'

에멜리아에게서 얻은 두근거림이나 이브를 보며 느끼는 가족 같은 편안함은 존재하지 않았다.

'그러고 보니 차일 때 좋아하는 남자가 생겼다고 했나?'

지온이 피식 웃자 그녀는 얼굴을 붉혔다. 제법 용기를 낸 듯이 주먹을 꽉 쥐며 긴장하고 있었다.

"남자를 헌팅하는 일에 서투시죠?"

"예?"

"좀 안 어울리셔서요."

"사, 사실 처음이에요."

지온은 그녀를 무시하며 지나치려다가 그녀가 착용하고 있는 팔찌에서 미세한 마력이 느껴짐을 알고 몸을 멈추었다. 그러고 보니 예전에 이러한 팔찌가 유행했던 기억이 났다. 사랑을 이루어주는 시계라던가, 그런 부적 같은 의미로 말이다.

'아티팩트? 아니, 저건 그런 것이 아니군.'

자세히는 모르겠지만 착용자의 생명력을 갉아먹고 영혼 에너지를 흡수하는 그런 술식인 것 같았다. 게다가 주변의 마력적인 기척을 지우는 능력도 갖추고 있었다.

'확실히 저러한 술식이면 따로 마력을 보충할 필요 없이 기척을 지울 수 있겠지.'

마법을 발현하는 데 필요한 마력을 인간 그 자체의 육신에서 얻는 것이었다. 악랄한 수법에 지온의 인상이 조금 찡그려졌다. 그러자 그녀가 의기소침하며 뒤로 몇 발자국 물러났다.

"혹시 커피 좋아하세요?"

"네? 네!"

지온이 웃으며 말하자 그녀는 얼굴을 붉혔다. 골목을 지나 작은 카페에 들어가 앉았다. 제법 분위기가 좋은 카페였다.

갑작스러운 외국인 손님에 조금 당황한 종업원의 모습이 보이자 지온이 먼저 입을 떼었다.

"다크 초콜릿 라떼 하나랑…… 그쪽은?"

"아메리카노……."

"예. 그걸로 주세요."

종업원은 지온이 능숙하게 한국말을 하자 멍한 표정을 지었다. 그러다 빠르게 주문을 받고는 후다닥 사라졌다.

"한국어는 언제 배우셨어요?"

"예전에 한국에서 살았거든요."

"아! 그 제, 제 소개를 안 했네요. 전 이세연이라고 해요. 나이는 스물하나고……."

"지온. 원래 이름이 길지만 그냥 지온이라 불러 주세요. 나이는 스물일곱…… 이겠죠."

지온의 이상한 말에 세연이 입가에 웃음을 띠웠다. 주문한 커피가 나오자 지온은 본격적으로 팔찌에 대해 묻기 위해 입을 떼었다.

"그 팔찌 유행하는 건가요?"

"예? 네. 부적 같은 거라 조금 꺼려지긴 하지만 색깔도 예쁘고 무엇보다 머, 멋진 사랑을 만나게 해준다고 해서……."

"효능이 있었겠군요."

"기분 탓인지 주변에 제법 많아요."

팔찌를 착용한 자들끼리 끌리도록 장치가 되어 있었다. 지금은 아무런 이상이 없겠지만 1년 정도가 지난다면 급속도로 생명력이 고갈되어 죽어버릴 것이다.

"잠시 살펴봐도 될까요?"

"네? 그, 그러세요."

세연이 수줍게 팔을 내밀자 지온이 그 위에 손을 올렸다.

파지직!

"꺄앗!"

스파크가 튀며 세연의 손이 살짝 튕겨 나갔다.

"저, 정전기인가요? 그, 근데……."

그녀는 지온의 손에 들린 팔찌를 보며 눈을 깜빡였다. 끊어진 팔찌가 지온의 손에 들려 있었기 때문이다.

"망가져 버렸군요. 죄송합니다."

"아, 아니에요. 그리 비싼 것도 아니고……."

지온은 손에 들린 팔찌에 마력을 집중하며 본격적으로 구조를 살폈다. 지온이 추측대로 악랄한 마법들이 걸려 있었다.

마력을 과부하 시켜 기능을 마비시키고 용언을 중얼거려 역추적 마법을 부여했다.

"잠깐 손을 내밀어 보세요."

세연이 망설이다가 손을 내밀자 지온이 그 위에 팔찌를 겹쳤다. 팔찌를 두르게 하고 끊어진 절단면을 손가락으로 비비자 놀랍게도 팔찌가 원상복구 되었다.

"우, 우와! 혹시 직업이 마술사세요?"

"비슷해요."

"대단해요. 어떻게 한 거예요?"

"글쎄요."

팔찌가 본 성능을 내고 있지 않아 아직은 생명력 탈취가 미약했다. 적절한 시기에 와서 다행이라고 생각한 지온이었다.

이야기를 나누다가 지온이 먼저 자리에서 일어났다. 세연은 아쉬워하는 눈치가 가득했다.

"아, 이런. 제가 달러밖에 없어서요."

"아니에요. 제가 낼게요. 다, 다음에 사주세요."

"다음이라……."

세연은 무언가 결심했는지 지온의 손바닥을 잡고는 자신의 번호를 썼다. 몇 달 동안 그녀를 봐왔지만 이렇게 적극적으로 감정을 표현하는 것은 처음 본 지온이었다.

'나와 웃으며 이야기 하기는 했지만 조금 무서워했지.'

그녀의 친구들이 용기 있게 자신에게 와서 접근하지 말라고 말했던 기억까지 나자 씁쓸해졌다. 영혼의 본질은 같았지만 겉에서 차이가 나니 대접이 이리도 달라지는 것이었다.

"그, 그럼 연락 주세요!"

"전 이만……."

짧게 묵례하고 등을 돌린 지온이었다. 지온은 핸드폰을 켜 이브에게 먼저 연락했다. 약간의 설명과 함께 자신이 해석한 마법진의 형태를 전송했다.

[강탈한 생명력을 마력화 하는 곳이 있을 것이다. 그곳만 파괴한다면 팔찌의 효능도 사라지고 핵심 코어가 있는 곳, 또는 타나토스의 본체가 있는 곳을 알아낼 수 있겠지.]

"빨리 처리해야겠군."

[그보다 벌써 여자를 꾀다니, 대단하군.]

"응?"

수화기 너머로 이브의 목소리와 함께 에멜리아의 당황스러운 외침이 섞여 들렸다. 이브의 목소리도 살짝 냉기를 띄고 있는 것 같았다.

[인기가 많아서 좋겠군. 지온.]

"그거야 그렇지만……."

지온은 부드럽게 웃었다.

"내 영혼의 본질을 알아주는 존재는 지구엔 없어. 널 만나서 다행이다."

[마음에 드는 대답은 아니지만 넘어가 주도록 하지. 으, 음? 에멜리아, 울지 마라.]

지온은 살짝 귓가에서 핸드폰을 떼다가 통화 종료 버튼

을 눌렀다. 앞으로 할 일이 명백해졌으니 본격적으로 몸을 움직여야 할 때였다. 하지만 그전에 해야 할 일이 있었다. 지온은 아무 말 없이 하늘을 바라보다가 몸을 움직였다.

'나의 본질……'

지온은 아무 말 없이 서울을 벗어났다. 지온의 눈빛은 평상시와는 달랐다. 그리움이라는 단어로 표현할 수 있을 것이다.

못난 자식을 끝까지 사랑해주고 믿어주는 부모님을 만나러 가는 중이었다. 물론 자신을 알아보지 못할 것이다. 판이하게 달라진 모습, 그것도 외국인으로 보이는 모습이니 말이다.

그동안 부모님을 찾아가지 않은 이유는 타나토스의 눈에 걸리지 않기 위해서였다. 지금은 타나토스가 신성과 그의 부모를 알고 있는 것 같으니 필요 없는 절제였다. 오히려 방비를 더 단단히 할 필요를 느꼈다.

이브의 도움으로 위험으로부터 감시를 하고 있기는 했지만 찾아가는 것은 이번이 처음이었다. 더 이상 감시만으로는 만족할 수 없었다.

지온은 익숙하게 길을 찾아 부모님의 집으로 갔다. 제법 한가한 시골 마을이었다. 신성은 이 마을에서 제법 성공한 케이스이기도 했다. 제법 좋은 대학에 들어가 서울에서 지내고 있으니 말이다.

지온은 익숙한 고향을 둘러보다가 너무나 잘 알고 있는 길을 따라 걸었다. 그리고 낯익은 대문 앞에 서서 한참을 바라보았다. 인기척이 느껴지자 지온의 몸이 땅으로 꺼지듯 사라졌다.

'경호원은 필요 없겠지.'

경호원들 따위보다도 차라리 고위 마법을 걸어 보호하는 편이 더 나았다. 경호원들도 인간이니 절대로 괴물들을 당해낼 수 없었기 때문이다.

지온은 부모님의 집을 중심으로 마법적인 탐지를 지우는 결계를 그렸다. 그리고 인간 이외의 마물을 철저히 배제하고 침입 시 알람을 울리는 기능도 추가시켰다. 몇 번의 용언을 쓰고 나서야 지온은 안심할 수 있었다.

'어머니.'

지온은 집의 지붕 위에 서서 마당에 나온 어머니를 바라보았다. 지온의 기억 속에 존재하는 부모님은 지구에서의 부모님밖에 없었다. 이 왕자의 몸을 낳아주고 키워준 부모에 대한 기억은 없는 것이다. 기억이 아니라 단지 단편적인 느낌으로만 알고 있기는 했다. 그것은 너무나도 포근하고 따뜻한 그런 감각이었다.

지온은 어머니의 몸이 불편함을 알게 되었다. 지온의 안색이 어두워졌다.

'나는 불효자였군.'

단지 추악한 용모로 태어난 자신을 걱정하고 숨기기 바빴으니 말이다. 신성이었던 시절에는 부모님을 사랑하기는 했지만 단 한 번도 부모님의 고충을 알려고 했던 적이 없었다. 오히려 조금 원망했던 적도 있었다.

부모님도 분명 신성에게 미안해했을 것이다. 지온은 어머니의 신체에 마력을 흘려 살펴보았다. 의학에 대해서는 모르지만 마력을 통해 대략 어떤 상태인지 짐작할 수 있었다. 병명은 모르지만 육체를 최상의 상태로 만드는 방법은 알고 있다.

[나아라.]

지온의 의지가 어머니의 신체에 깃들었다. 상했던 장기들이 순식간에 재생되고 오랜 기간 동안 괴롭혔던 질병이 사라졌다.

[건강해져라.]

신체는 최상의 상태가 되었다. 적어도 수명이 다할 때까지 병에 걸릴 일은 없을 것이다. 그만큼 지온의 용언의 위력은 대단했다.

지온은 모습을 지우고 집 안으로 들어가 힘없이 누워 있는 아버지에게도 똑같이 용언을 썼다. 누워 있던 아버지는 갑작스럽게 솟아나는 힘에 의아해하면서 몸을 이리저리 흔들어 보았다.

"음? 이상하군. 죽을 때가 되었나?"

너무나도 가벼운 몸 상태를 믿을 수 없다는 듯한 모습이었다. 지온은 피식 웃고는 그리운 눈으로 아버지를 바라보았다. 그리고 크게 인사를 한 다음 집안 곳곳에 마법진을 새겼다. 마력을 제법 쓰고 용언을 이용한 덕분에 핵폭탄이 날아와도 끄떡없는 방호마법진이 완성되었다. 마법의 지식을 알고 있는 지온이었지만 뇌 속에서 꺼내 완성하는 일은 조금 어색한 느낌이 있었다. 자신의 것이 아닌 것을 쓰는 느낌이 남아 있었기 때문이다.

'이 정도 되면 걱정하지 않아도 되겠지.'

자신 때문에 넉넉하지 못한 생활을 하고 계신 부모님이 안쓰러웠다. 그리고 자식을 잃게 되었을 때의 미래가 자신의 부모님에게 어떤 의미인지 이해되어 가슴이 먹먹해졌다. 만약 지금 이 지구에 존재하는 신성에게 무슨 일이 생긴다면……

'그 어떤 것으로 보상할 수 있을까.'

자신의 모습을 환영 마법으로 변형시켜서라도 부모님을 슬프게 하지 않으리라 다짐한 지온이었다. 행복한 생활을 해야 할 부모님을 지키기 위해서라도 지온은 타나토스를 빠르게 격퇴할 것을 다짐했다.

'건강하십시오.'

지온은 밖으로 나와 한동안 집을 바라보다가 마력을 움직여 텔레포트 했다.

　　　　　*　　　　　*　　　　　*

　어두운 공간.

　지하 깊은 곳에 있는 검은 제단에는 그 누구의 침입도 허용
치 않았다. 제단 앞에 구부정하게 앉아 있는 늙은 노인은 붉
은 안광을 빛내며 눈을 떴다.

　"아 육체도 곧 한계로군."

　부서지는 늙은 몸을 보며 타나토스는 그렇게 말했다. 하지
만 걱정할 필요는 없었다. 과학 기술의 힘을 빌려 그의 신체
는 조금씩 완성되어 갔고 신체가 완성될 동안 입을 여벌의 육
체들 또한 준비되어 있었다.

　그는 지구에서 무엇이든지 가질 수 있는 절대자였다. 마법
이 존재하지 않는 이곳에서 그를 막을 수 있는 존재는 전무했
다. 아니, 전무했었다.

　"지온……."

　얼마나 그리운 이름이던가.

　얼마나 가지고 싶었던 이름이던가.

　자신을 거부하고 홀로 거룩해진 그를 너무나도 죽이고 싶
었다. 타나토스는 끓어오르는 살심을 억제했다. 이제 모든 것
은 준비되었다. 인간들로부터 방해 공작이 있었지만 그를 멈
추기에는 이미 늦었다.

"파괴의 시작이다."

생명체들이 절망할수록, 공포에 젖을수록 그의 영혼은 강력해진다. 공포를 머금고 죽어간 인간의 영혼은 그의 마력을 더욱 강대하게 해줄 것이다.

그런 인간들이 60억이 넘는다면 육체 재생을 넘어 그토록 간절히 닿기를 바랐던 초월자의 위치까지 순식간에 오를 수 있을 것이다.

"나는 불멸자가 된다."

지구상 생명체를 모두 지운 다음 자신만의 세계를 만들 생각이었다. 부족한 존재들이 없고 완벽한 질서만이 있는 천국과도 같은 세상.

모든 희생과 인내는 바로 그것을 위한 것이었다.

"인간들이여, 절망하며 죽어가라. 그리고 나의 것이 되어라."

타나토스는 고개를 들어 제단의 위를 바라보았다.

그곳에는 그동안 모은 마력과 복구시킨 그 자신의 영혼이 일렁거리고 있었다. 복잡한 기계가 그것에 연결되어 있었고 한쪽 공간에는 수시로 화면이 바뀌는 거대한 디스플레이가 설치되어 있었다.

"시작하라."

1년 정도 앞당겨지긴 했지만 이 정도는 예측한 바였다. 타나토스는 그렇게 생각하며 섬뜩한 미소를 지었다. 그가 넘어야 할 마지막 시련이 다가오고 있음을 느꼈다.

"지온……."

그의 시선이 느껴졌다.

그의 한계를 모르는 마력이 느껴졌다.

하지만 그는 자신 있었다.

세계는 이미 그의 손바닥 안에 있었다. 지온을 제외하고는 애초부터 그를 저지할 수 있는 자는 존재치 않았다. 이제 곧 지온조차 자신의 앞에 무릎을 꿇을 것이다.

어떤 방식으로든 자신은 승리할 것이라 자신했다.

지오프.

4년간의 노력 끝에 그가 있는 곳을 발견했다.

영혼체인 지금은 강력한 의지의 파장을 지닌 지오프의 주변에 접근할 수는 없었다. 용의 흉터가 지오프의 영혼에 새겨져 있고 자칫 잘못하다가는 복구된 영혼마저 흡수당할 우려가 있다.

"모든 것은 내 뜻대로 될 것이다."

4년간 그는 지오프의 영혼을 먹어 치울 수 있게 부단히 자신의 영혼을 복구했다. 지금은 무리지만 곧 영혼력이 충만해질 때 기회가 찾아올 것이다.

준비해 놓은 안배가 자신을 지오프에게 인도해 줄 것이다. 그리고 그 후 반신으로 부활하여 지온과 대면할 것이다. 그리고 그의 육체와 영혼 모든 것을 먹어치워 진정한 절대자가 되는 것이다.

　"오너라, 지온."

　그의 기분 나쁜 웃음소리가 주변 공간을 메웠다.

제7장

재앙의 시작

SAVER
섬광의
세이버

[지온, 이 한국이라는 나라에 장비를 옮겨 놨다. 이쪽 정부의 협력을 받아 본격적으로 타나토스의 위치를 추적하려고 한다.]

"그런가? 그런 것치고는 세계는 평화롭군."

[아직 은폐를 하고 있기는 하지만 조만간 일반인들에게까지 알려질 것 같다.]

"외계인 침공인가. 내가 생각했던 그런 침공이 아닌데 말이야."

유에프오 따위가 지구로 침입해서 닥치는 대로 파괴하거나 지구의 자원을 약탈하는 것이 보통의 정석이었다. 그보다 더욱 악질적인 방법을 쓰는 것이 바로 타나토스였다.

[이쪽에서 너의 합류를 바라고 있는 눈치던데…….]

"조만간 합류하도록 하지. 지금은 볼일이 좀 있거든."

[마력의 움직임이 심상치 않아. 조만간 무언가 터질 것 같다.]

"최대한 막아보도록 하자."

지온은 이브와의 대화를 끊고 높은 빌딩의 꼭대기에서 아래를 내려다보았다.

지온이 할 일은 지오프를 찾는 일이었다. 찾는 일 자체는 너무나도 쉬웠다. 군대를 막 제대해서 복학 준비를 하느라 특별히 다른 곳에는 다니지 않았다. 취미로 시작한 등산 정도가 전부였다.

"저기 있군."

지온은 그대로 빌딩에서 점프해 지면을 향해 활강했다. 잔상을 그리며 빠르게 이동한 지온은 건물의 벽을 박차며 바닥에 내려섰다.

지온은 꽃단장을 하고 어색한 자신을 자동차 창에 비춰보고 있는 지오프를 보며 피식 웃었다. 아니, 이곳에서의 이름은 지오프가 아니었다.

"이 신성……."

처음 불러보는 자신의 이름에 조금 어색한 기분이 들었다. 단순히 이름이 달라진 것이 아니라 자신을 남으로 부르고 있는 것이다.

저러고 있는 신성을 보니 예전 기억이 떠올랐다. 분명 그렇게 오래전은 아니었다. 지금 생각해보니 기억이 조금 뒤죽박죽이긴 했다. 저쪽 세계에서 지냈던 시간은 따지고 보면 얼마 안 되는 시간이었다. 하지만 느껴지는 체감은 굉장히 오래된 것 같은 느낌이 들었다.

'오늘이었나?

누굴 만나는지 알 것 같았다. 그래서 조금은 씁쓸한 기분이 들었다. 지온은 조용히 신성을 뒤따랐다. 상기된 표정으로 만난 것은 세연이었다.

지온은 벽에 등을 기대고는 그들의 일이 끝나길 기다렸다. 그렇게 몇 분을 조용히 있자 힘없는 걸음으로 터벅터벅 걷는 신성이 그의 앞을 지나갔다.

'역시 신체가 간신히 버티고 있군. 빨리 조정하지 않으면 죽을 수도 있다.'

의학적으로 보면 신성의 육체는 무지막지하게 건강한 편이지만 영혼의 영향으로 너무나도 잘 활성화 된 육체가 문제였다. 어느 순간 급격히 육체가 죽어버리며 바스러질 것이다.

일단 신체의 밸런스를 최대한 조절해줄 요량으로 지온은 한강을 향해 걷는 신성을 뒤따랐다.

신성은 편의점에서 소주를 사오더니 궁상맞게도 벤치에 앉아 혼자 자작하기 시작했다.

'육체를 제외하곤 특별히 이상은 없군.'

지온은 고개를 설레 젓고는 그에게 다가가려 할 때였다.

"에멜리아?"

"역시 이곳에 계셨군요."

에멜리아의 눈에 띄는 붉은 머리카락이 검은색으로 염색되어 있었다. 마법의 힘을 빌린 것이라 염색하지 않은 것처럼 자연스러웠다. 에멜리아는 지온을 보며 살짝 미소 지은 다음 신성에게 다가갔다.

술이 제법 들어간 신성은 초점이 흐린 눈으로 에멜리아를 바라보았다.

"응?"

"한심하군요. 겨우 저런 여자에게 차여서 우울해하시다니."

"네? 어?"

신성은 얼떨떨한 눈으로 에멜리아를 바라보았다. 그녀의 미모는 지구에서는 극히 드물 정도로 아름다웠기에 정신이 멍해지는 것은 어쩔 수 없어 보였다.

에멜리아는 그의 멱살을 잡고 일으켰다. 거구의 남자가 가녀린 여자에게 멱살을 잡혀 일으켜지는 광경은 제법 신선했다.

"일단 머리를 식히시는 것이 좋겠습니다."

에멜리아는 신성을 그대로 들어 한강으로 집어 던졌다. 에멜리아의 엄청난 힘에 의해 포물선으로 날아간 신성은 그대로 한강에 꽂혔다.

"에멜리아, 화난 거야?"

"아닙니다."

"뭐, 저런 내 모습에 실망하는 것이 당연해."

에멜리아는 지온을 바라보며 고개를 저었다.

"실망하지 않았습니다. 단지……."

고개를 숙이며 입술을 달싹이는 에멜리아를 보던 지온은 피식 웃고는 입을 떼었다.

"일단 저 녀석을 살려주도록 하자."

"네? 아!"

한강에 빠진 신성이 생각난 에멜리아가 허우적거리고 있는 신성을 빠르게 건져 올렸다. 워낙 빠른 몸놀림이라 그녀의 움직임을 알아챈 자는 존재하지 않았다.

"크악, 흐흑, 주, 죽을 뻔했다."

"정신이 좀 드십니까?"

"으, 으아악!"

신성은 비명을 지르며 에멜리아에게서 떨어졌다. 주변의 시선이 모이자 에멜리아는 헛기침을 하더니 신성을 바라보며 고개를 숙였다.

"일단 실례를 해서 죄송합니다."

"아, 아니, 그, 그게……. 꾸, 꿈인가?"

어안이 벙벙해진 신성은 멍한 표정으로 에멜리아를 바라볼 뿐이었다. 지온은 작게 숨을 내쉬고 신성을 바라보며 손을 뻗었다. 신성은 한참을 망설이다가 지온의 손을 잡으며 일어났다.

'내가 나를 만난 기억은 없었는데…… 뭐, 아무렴 어때.'

신성은 주춤거리며 일어나 지온을 바라보았다.

"외국인?"

"제법 멍청한 표정이군. 그러니까 여자에게 차이지."

"어, 어떻게 그걸?"

지온이 어깨를 으쓱하자 신성은 작게 한숨을 내쉬었다. 술이 깨는 모양인지 잊고 있었던 처참한 기억이 생각난 눈치였다.

"요정 같은 여자가 한 손으로 날 들어서 한강에 집어 던지고 잘생긴 남자가 시비를 거네. 역시 꿈이겠지? 차인 것도 꿈일까?"

"현실을 직시해라. 넌 화려하게 차였고 회복불능이다."

"으, 으아아악!"

지온의 말에 신성은 부들부들 떨며 에멜리아와 지온에게 손가락을 뻗었다. 손가락이 떨리고 있는 것이 확연히 눈에 들어왔다.

"다, 당신들 누구야! 어떻게 날 한 손으로? 그것보다 여기서 한강까지의 거리는 어마어마하다고! 날 어떻게 꺼낸 거야?

초능력자? 아, 아님, 호, 혹시 외계인?"

"외계인 쪽에 가깝겠군."

지온이 장난스럽게 말하자 신성이 뒤로 물러나다가 엉덩
방아를 찧었다. 지온은 웃는 낯으로 그를 바라보다가 조금씩
표정이 굳기 시작했다. 에멜리아 역시 달라진 주변의 분위기
를 느끼고는 날카로운 눈으로 주위를 살폈다.

"장난은 이쯤에서 하고 이 자리를 벗어나는 것이 좋을 것
같군."

"본격적으로 나서는 것 같습니다."

"음…… 난리가 났겠군."

한강 주변에 있던 사람들 몇몇이 갑작스럽게 바닥에 쓰러
지기 시작했다. 그러더니 좀비처럼 몸을 일으켜 주변 사람들
을 공격했다.

"꺄아아악!"

"뭐, 뭐야!!"

지온은 경악으로 물든 신성의 팔을 잡고는 달리기 시작했
다.

"으, 으아악! 저, 저거 조, 좀비?"

좀비와는 다른 형태였다. 아직은 사람 모습을 하고 있었기
때문이다.

"에멜리아, 팔찌가 감염원이다. 팔찌를 노려라."

"알겠습니다."

지온의 옆에서 달리고 있던 에멜리아가 잔상을 그리며 사라졌다. 쓰러진 사람은 모두 선풍적인 인기를 끌고 있는 그 팔찌를 두르고 있었다. 팔찌에 있던 미세한 마력이 육체로 파고들어 특수한 변이를 일으킨 모양이다.

타나토스의 마력은 일반 사람들에게 있어서 바이러스나 마찬가지였다. 사람의 가장 어두운 면을 악랄하게 끌어올리는 그런 종류였다.

에멜리아는 빠르게 이동하며 날뛰는 사람들의 손목을 베었다. 손목을 완전히 잘라버린 것이 아니라 피부 속에 파고든 팔찌가 떨어질 수 있게 적당히 벤 것이다.

지온은 폭동을 일으키며 날뛰는 사람들을 보며 인상을 찌푸렸다. 차라리 괴물이나 마수라면 단숨에 모두를 날려버렸을 것이다. 하지만 저들은 조종당하고 있는 인간이었다.

'난적이군.'

지온은 그렇게 생각하며 바닥을 박차고 공중으로 날아올랐다.

"나, 날았어? 으, 으아아악!"

지온이 어마어마한 높이까지 점프하자 신성은 기겁하며 몸을 바둥거렸다. 5층짜리 건물의 옥상을 향해 신성을 던지고는 자신도 몸을 회전시키며 착지했다.

"으악!"

옥상을 구르며 벽에 처박힌 신성은 거의 패닉 상태였다. 난간에 착지한 신성이 아래를 바라보자 방금 전 그 평화로웠던 풍경과 같은 곳이라고는 상상도 할 수 없을 만큼 거리는 혼돈으로 가득 찼다.

상점을 부수고 약탈하거나 불을 지르는 등 모두 극단적인 폭력을 휘두르고 있는 것이다.

콰아아앙!

여기저기서 폭발음이 들려왔다. 울려 퍼지는 사이렌 소리, 헬기 소리 그리고 비명 소리가 섞여 난장판을 이루었다.

지온은 그 모든 것을 바라보며 이를 악물었다. 이렇게 빨리 본격적으로 나오리라고는 생각지 못했다.

[지온, 비상사태다. 생각보다 예정이 빨라졌어.]

"그런 것 같군."

공포에 질려 있는 신성을 바라보던 지온은 그대로 그를 가볍게 들고는 바닥을 박차며 사라졌다.

*   *   *

그 시각, 세계는 혼란에 빠지기 시작했다. 갑작스러운 기상 이변 현상과 괴 생명체의 출현은 혼란을 야기하는 데 큰 역할을 했다.

미국뿐만 아니라 선진국이라 일컬어지는 나라들에서도 정체불명의 병으로 사람들이 죽어갔고 괴물들이 모습을 드러냈다.

도심에 새겨져 있던 마법진들이 활성화 하면서 타나토스의 마력이 대기 중으로 퍼지기 시작했다. 그러자 검은 구원이라는 단체의 모든 것이 표면으로 올라오기 시작했다.

그들은 이런 비과학적인 현상에 열렬한 지지를 보내며 새롭게 강림하는 구원자를 찬양할 것을 명했다. 폭동이 일어났고 많은 사람이 죽어갔다.

"그, 그러니까 그 미친 외계인이 나를 노린다고?"

"그래, 그러니 진지가 구축되면 그곳에 얌전히 있어라."

지금 신성의 자취방에서 방호 마법을 걸어 놓고 잠시 시선을 피해 있는 중이었다.

바깥의 상황은 매우 나빴다. 이브가 사람들을 대피시키고 정화할 수 있는 장소를 구축하고 있으니 구축이 완료되는 순간 신성을 그쪽으로 보낼 예정이었다.

"역시 사람의 영혼을 에너지원으로 쓰고 있군요."

에멜리아는 창밖의 풍경을 보며 신음성을 흘렸다. 마력에 오염된 사람들은 몬스터화가 되어 파괴를 일삼았다. 지온은 타나토스의 말을 이해할 수 있었다.

'발동되는 것을 막기엔 너무 늦었어.'

애초부터 타나토스가 어울려준 것은 그의 시선을 끌 목적이 다분해 보였다. 이 정도 기세라면 미 대륙을 융해되고 나서 차례대로 여러 국가가 융해되어 그의 에너지원이 될 것이다.

"세연은? 세연은 잘 대피했겠지?"

신성의 물음에 누구도 대답해 주지 않았다. 신성은 충격을 받은 듯 비틀거리다가 주저앉았다.

지온은 말하지 않고 에멜리아를 바라보았다. 에멜리아는 살짝 고개를 끄덕였다. 에멜리아에게 맡겨놓는다면 신성이 위험에 처하는 일은 없을 것이라 생각했다.

지온은 이 싸움의 종말을 고해야 했다. 이제 더 이상 시간을 지체해서는 안 된다. 모든 것을 걸고 그를 없애야만 했다.

"무모한 행동 하지 마라."

신성은 지온이 날카롭게 쳐다보며 말하자 얼떨결에 고개를 끄덕였다.

*   *   *

세연은 낮에 만난 황홀할 정도로 멋진 남자를 생각하자 쉽게 잠자리에 들 수 없었다. 원래 자신은 적극적으로 호감을 나타내는 그런 성격이 아니었다. 오히려 소극적이라고 보는 것이 옳았다. 하지만 그 남자를 본 순간 벼락이 맞은 것처럼 아무것도 생각할 수 없었다. 그것은 신성을 처음 봤을 때보다도 더욱 강렬한 충격이었다.

남들이 괴물 같다고 말하는 신성에게 호감을 가지고 있기는 했지만 그 남자를 본 순간 모든 것을 잊고 말았다.

'미안해, 오빠.'

신성의 고백은 무척이나 기뻤다. 하지만 그 순간 그 남자의 얼굴이 떠올라 거절해 버릴 수밖에 없었다. 신성의 낙담하는 얼굴을 본 순간 마음이 아팠다. 하지만 그녀는 더 이상 자신의 마음을 주체할 수 없었다.

'황금 눈동자……'

왠지 꿈에서 자주 보던 황금 눈동자가 떠올랐다. 악몽이라 부를 수 있는 것이라 불면증에 시달렸지만 그 남자를 보고 나니 더 이상 그런 꿈을 꾸지 않을 것 같았다.

세연은 침대에 누워서 뒤척이다가 잠에 빠져들었다. 그녀의 왼쪽 손목에 채워져 있던 팔찌가 끊어져 바닥에 떨어졌다.

책상 위에 있던 공책이 스르륵 넘어갔다. 빈 공책 위에는 그녀가 무심코 그렸던 끔찍한 눈동자의 모습이 낙서 되어 있었다.

세연은 의식이 없는 상태로 힘없이 걸어 밖으로 나왔다. 그녀가 정신을 차린 것은 집에서 멀리 떨어진 곳까지 와서였다.

"어?"

세연은 눈을 깜박이다가 자신이 낯선 곳에 있음을 알고 두려움에 휩싸였다.

콰아앙!

자동차가 날아가며 건물에 처박혔다.

"꺄아아악!"

그녀는 비명을 지를 수밖에 없었다. 흉측한 괴물들이 몰려다니며 닥치는 대로 보이는 것들을 파괴하고 있었기 때문이다. 세연은 두려움에 젖어 도망치기 시작했다. 신발이 벗겨지고 옷이 찢어졌지만 멈추지 않았다.

간신히 반쯤 부서진 편의점 문을 열고 들어가 구석에 몸을 웅크리며 숨었다. 덜덜 떨리는 손으로 어깨를 부여잡은 세연은 누군가 와서 자신을 구해주길 바랐다.

얼마 전에 만난 푸른 머리의 남자가 머리에 떠올랐다. 그리고 자신이 차버린 신성의 얼굴도 생각났다.

"흐윽……."

그녀는 입을 막고 흐느껴 울었다. 그 위로 검은 기류가 흘러나오다가 순식간에 사라졌다.

*　　　*　　　*

지온은 혼란으로 적막한 거리에 홀로 서 있었다. 사람들을 병들게 하고 타락시키는 일은 타나토스가 하는 일 중에 가장 기본적인 일이었다.

지온은 이 정도로 자신을 흔들리게 할 수는 없다고 생각했다.

타나토스가 말했다. 인간을 그냥 흡수하는 것보다 절망에 빠뜨리고 고통 속에 허우적거리게 해, 그 농도가 정점에 이르렀을 때가 가장 큰 에너지를 얻을 수 있다고 말이다. 확실히 지금 세계는 공포에 빠져 있었다.

다른 차원에서 온 전염병의 창궐과 몬스터들의 출현은 전 세계를 혼돈에 빠뜨리고 전시 상태로 만들어버렸다. 지온의 눈앞에 있는 서울도 그러했다.

사망한 자들은 그 육체뿐만 아니라 영혼까지 녹아 지면으로 흡수되며 사라졌다. 덕분에 거리는 시체 하나 없이 깨끗했지만 파괴의 흔적은 날카롭게 자리 잡고 있었다.

[지온, 미국 쪽의 기상이 변하기 시작했다. 나는 최대한 마법의 규모를 약화시킬 테니 놈을 처리해라.]

"알겠어."

지온은 표정을 굳히며 바닥을 박차며 달렸다. 마법진을 발동시키는 핵심 코어의 위치는 지하에 있는 것이 분명했다. 마법진이 발동되고 나서야 은폐가 되어 있던 것들이 속속들이 드러난 것이다. 미리 알고 제거하는 것이 최고의 시나리오였지만 아무리 이브라도 그것은 불가능했다. 그녀가 지구에 온 기간은 한 달이 조금 넘어섰을 뿐이고 타나토스는 이미 과학과 마법의 결합을 통해 자신을 지우는 법을 알고 있었다.

"죄책감은 가슴에 묻어두자."

지금은 감정을 지우고 냉철해져야 했다. 타나토스의 앞에서 감정이라는 것은 독으로 작용했다. 인간의 심리를 파고들고 절망의 씨앗을 심어 상대를 농락하는 것은 그의 전형적인 수법이었다.

지온은 정면에 보이는 지하철역으로 달렸다. 쓰레기만 날리는 지하철역 안으로 들어서자 오크와 흡사하게 생긴 몬스터들이 주변을 메우고 있었다.

그들이 입고 있는 옷으로 보아 얼마 전까지 일반 시민이었던 자들이 분명했다. 저 정도까지 변형되었다면 구제할 방도가 없었다.

'마수가 남기고 간 것들이 몬스터라는 학설이 옳았군.'

몬스터들은 과거에 모두 인간이었을 것이다. 마수들에 의해 타락하고 모습이 변형되어 몬스터가 된 것이 분명했다. 지온은 쇠파이프 따위를 들고 돼지 울음소리를 내는 그들을 보다가 손에 검을 생성시켰다.

지온에게 살심을 품으며 돌진하기 시작했다. 지하철역을 가득 메우는 몬스터들 덕분에 그나마 온전했던 벽들도 처참하게 파괴되었다. 지온은 걸음을 옮기며 검을 휘둘렀다.

서걱!

뿜어져 나간 푸른 섬광은 단숨에 정면에 있던 여럿의 몸을 베어버렸다. 쇠파이프나 손에 쥔 모든 것을 휘둘렀지만 그 정도로는 지온에게 절대로 닿을 수 없었다.

지온은 좀 더 속도를 높이며 빠르게 지하철 승강장으로 달리기 시작했다. 정면의 보이는 것을 모조리 베며 달렸다. 막아서는 벽을 간단히 박살 내었다.

'아래로 가야 해.'

아래로 내려가는 계단을 가득 메운 몬스터들을 바라보았다. 더욱 진하게 다가오는 타나토스의 존재감이 지온의 정신을 날카롭게 만들었다.

무엇이 준비되어 있는지는 모르지만 지온은 정면 돌파를 택했다.

퍼엉!

바닥을 박살 내며 그대로 아래층으로 떨어져 내렸다. 잔해들이 바닥에 떨어지며 몬스터들을 없애버렸다. 지온은 다시금 몰려오는 몬스터들을 보다가 자세를 잡고는 검을 아래로 내렸다.

[사라져라.]

마력이 뿜어져 나오며 정면의 모든 것을 말 그대로 지워버렸다. 몬스터들은 시체조차 남기지 않고 그대로 소멸되었다. 지온이 그들에게 해 줄 수 있는 마지막 선물이었다. 지온은 그들의 영혼을 검안으로 회수했다. 타나토스에게 먹히는 것을 막기 위해서였다.

파드득!

승강장의 기둥이 무너져 내렸고 간신히 붙어 있는 전구에서 불빛이 깜빡였다. 깔끔했던 지하철역은 호러 영화에나 나올 법한 분위기가 되었다. 지온은 씁쓸한 마음을 감출 수가 없었다.

지온은 망설임 없이 철로로 뛰어들었다. 예전, 평범했을 적에는 절대 이리로 뛰어내리지 않으리라 생각했던 적이 있었다. 보통 사람들이 철로에 내려서는 것은 자살할 때였으니 말이다.

"묘하군."

철로를 밟고 있으니 기분이 묘하긴 했다. 지온은 바닥에 손을 얹고 지하를 살폈다. 어딘가에 있으리라 생각했던 타나토스의 건물은 서울의 지하에 위치해 있었다. 지온은 빌딩 따위에 있으리라 생각한 자신이 어리석다고 생각했다.

애초부터 타나토스는 상식을 초월하는 괴물이니 서울 밑에 본거지를 만드는 것쯤은 일도 아닐 것이다.

"이름 높은 기업들은 대부분 타나토스의 손아귀에 있다고 하니……."

정신 오염이나 육체 지배 따위를 통해 정치계나 기업들을 장악하는 것은 그에게 있어 심심풀이보다 쉬울 것이다. 지금에 이르러서도 혼란을 부추기는 데 큰 역할을 하고 있지 않은가?

마력을 머금은 자들에게 지구는 너무 무방비였다.

"상당히 깊은 곳에 둥지를 틀었군."

대략적인 위치가 파악될 때 바닥에서 커다란 진동이 울렸다. 지온은 고개를 갸웃하며 등을 돌렸다. 무언가 다가오고 있음을 느낀 것이다.

전철이 운행되지는 않을 것이고 분명 몬스터 따위라 생각했다. 단번에 베어버리려고 검을 들었다가 나타나는 물체에 검을 내릴 수밖에 없었다.

"전철?"

깜빡거리는 라이트가 지온의 눈에 비췄다. 바퀴 쪽에서는 스파크가 튀기고 있었고 전철 기사는 실신한 채 쓰러져 있었다.

전철의 형태는 정상이 아니었다. 여기저기 찌그러져 있었고 무언가 뒤에서 강하게 미는 듯이 앞으로 쏠려 있었다. 더욱 지온의 시선을 잡아 끈 것은 전철 안에서 들리는 비명 소리였다.

'사람이 있다고?'

전철 안에서 살려달라는 외침이 들려왔다. 지온의 몸이 완전히 전철 쪽으로 돌릴 때쯤 전철은 지온의 코앞까지 위치해 있었다. 어마어마하게 빠른 속도였다.

콰앙!!

지온의 몸이 전철의 앞면과 부딪히며 찌그러졌다. 찌그러진 철판 사이에서 몸을 뺀 지온은 마력을 모아 그대로 전철의 앞면을 잡아 뜯었다.

철이 휘어지는 소리와 함께 시원하게 앞면이 개통되었다. 쓰러져 있는 전철 기사에게 다가가 그의 상태를 살폈다. 외상은 없었지만 심장이 뛰지 않는 것으로 보아 심적 충격을 받아 심장마비로 죽은 것 같았다.

전철이 삐그덕거린다. 한계에 이른 속도를 못 이겨 바퀴가 부러지고 탈선이 일어나고 있었다.

지온은 객실로 통하는 문을 열고 그 안으로 들어갔다.

"꺄아아악!"

"흐윽, 흑!"

"살려줘!"

상당히 많은 사람이 자리에 주저앉아 공포에 떨고 있었다. 그들이 할 수 있는 거라고는 고정된 것들을 잡고 최대한 몸을 웅크리고 있는 것 정도였다.

지온이 등장하자 모두의 시선이 지온에게로 쏠렸다.

"구, 구조댄가?"

"살려주세요!"

지온은 그나마 정신을 붙잡고 있는 중년의 남자에게 다가가 상황을 물었다.

"괴물이야! 괴물이 나타나서 저, 전철을 먹어버렸어! 그, 그러더니 갑자기 미친 듯이 돌진하고 있다고!"

"저 뒤쪽이겠군요."

"다, 당신은 뭐지? 구, 구조대인가?"

사람들이 공포에 떨면서 어떤 희망을 가지고 지온을 바라보았다. 지온은 일단 이들에게 희망을 주는 것이 좋겠다고 생각했다. 간신히 붙잡은 희망을 놓쳤다가는 극단적인 생각을 할지도 몰랐기 때문이다. 이미 몇몇은 극단적인 생각을 해 죽어 있기도 했다.

"정부 요원입니다. 이런 상황이 전문이니 안심하고 기다려 주세요."

그렇게 말하는 편이 낫다고 생각한 지온이었다.

"저, 정부 요원?"

"사, 산 건가? 살 수 있는 건가?!"

중년 남자는 지온을 보며 고개를 저었다.

"가, 가면 안 돼! 괴물이라고! 엄청 커다란!"

"알고 있습니다. 그 정도 괴물이 아니면 이 정도 속도를 낼 수 없겠죠."

지온의 침착한 어조가 사람들을 진정시켰다. 지온은 간단하게 손에 불덩어리를 소환하며 사람들에게 보였다. 그러자 사람들은 흠칫 놀라며 입을 떡하니 벌렸다.

"보다시피 저도 보통 인간이 아닙니다. 영화 속에 나오는 초능력자쯤으로 생각해 주세요!"

삐그덕!

"꺄아아악!"

"모두 엎드려 주세요!"

전철이 기울기 시작했다. 지온은 빠르게 뒤칸으로 이동했다. 생존자가 있는 것은 단지 한 칸뿐이었다. 나머지는 처참하게 뜯겨 있었다.

"네놈이군."

발광해 날뛰고 있는 것은 거대한 지렁이였다. 지온도 이러한 녀석을 사막에서 본 적이 있었다. 샌드 웜이란 녀석이었는데 모래에 살며 몬스터를 잡아먹는 괴물이었다. 이건 그것과 조금 색깔이 다르긴 하지만 근본적으로 비슷했다.

휘어진 철에 이빨이 껴서 고정되어 남아 있는 전철 칸을 먹을 수 없던 것이었다. 그래서 분해 날뛰며 전철을 마구 밀고 있었다.

"지구가 미쳐 돌아가고 있군."

서울이 이러할 진데 미국은 어떻겠는가? 아마 전 군사력을 동원에 혼란을 수습하고 있는 중일 것이다. 또 주변 인근 국가들 상황도 마찬가지였다. 오히려 타나토스가 스스로 무대를 만든 서울은 피해가 덜한 편이었다.

지온은 검을 뽑아 지렁이를 그대로 반 토막 냈다. 역겨운 체액을 뿌리며 지렁이가 떨어져 나가자 전철의 속도는 점차 줄어들기 시작했다.

"소, 속도가 줄어든다?"

"살았다!"

그런 소리가 막 울려 퍼질 때쯤이었다. 지온은 사방을 가득 메운 역겨운 기척에 인상을 찡그렸다.

파아아아아! 콰드드득!

땅에서 솟아난 지렁이가 마치 파도를 타듯이 날뛰며 전철로 다가오고 있었다. 양 옆에서 솟아난 지렁이들이 거대한 입을 벌리며 전철을 물어뜯기 위해 달려들었다.

"젠장!"

지온은 재빨리 손을 앞으로 뻗은 다음 마력을 방출시켰다.

파아아아아!

고밀도의 마력이 방출되며 전철은 압도적인 속력으로 다시 가속되기 시작했다. 지온의 손에서 스파크가 튀며 불길이 치솟았다.

전철 안에서 다시 비명 소리가 들렸지만 멈추지 않았다. 순간의 가속력으로 양옆에서 달려드는 지렁이가 전철을 먹지 못하고 그대로 서로 부딪혀 엉켰다.

"으, 아아아악! 저, 정면에 괴물이!!"

지온은 그 소리를 듣자마자 몸을 회전시키며 검을 생성해 앞으로 던졌다. 빠르게 뻗어 나간 푸른 검이 그나마 붙어 있는 전철의 앞면을 날려버리고 입을 벌린 지렁이의 몸을 반 토막 냈다.

"이, 이보게! 도, 도대체 저것들은 뭔가!!"

중년의 남자가 말도 안 되는 속도감에 몸을 떨다가 바닥을 기며 지온에게 다가왔다. 공포에 젖은 눈이었지만 다른 감정역시 자리 잡고 있었다.

지온은 검을 생성해 몰려오는 지렁이들에게 던졌다. 지렁이들이 쓰러지며 주변의 기둥들을 모조리 부수어버렸다. 덕분에 천장이 무너져 내리기 시작했다.

철로가 휘어지며 전철이 기울기 시작했다. 정면에서는 기둥이 무너져 내렸고 뒤에서는 천장이 무너져 내리고 있었다. 자신에게 이 정도는 아무것도 아니었지만 여기 있는 사람들은 죽어버릴 것이다.

지온은 인상을 굳히며 마력을 모았다.

[가속!]

용언이 발휘됨과 동시에 믿을 수 없는 속도로 전철이 가속되었다. 무너져 내리던 기둥을 아슬아슬하게 스쳐 지나가며 전철이 완전히 기울어졌다.

"꺄아아아악!"

"으아아악!"

철로에서 이탈한 전철이 옆면이 바닥에 닿으며 쓸려갔다. 지온은 정면에 있는 무수한 장애물을 바라보았다. 이대로 가다가는 전철은 종이처럼 찢어질 것이다.

지온의 몸이 움직인다.

시간이 정지되어 있는 것처럼 모든 것이 느리게만 보였다. 검을 생성시키며 정면에 있는 무너진 잔해를 갈랐다. 전철이 찢겨 나가긴 했지만 사람들은 무사했다.

지온은 재빨리 앞으로 가 전철을 두 손으로 잡고 바닥에 다리를 박아 넣었다.

터더더더덕!

바닥과 닿은 지면이 비산했다. 지온의 몸이 밀려나는가 싶더니 전철이 천천히 멈추기 시작했다. 지온은 등 뒤를 바라보았다. 정면을 막고 있는 벽이 바로 뒤에 존재하고 있었다.

"후……."

지온은 깊은숨을 내쉬고 전철을 잡았던 팔을 뗴었다. 그때야 몸을 웅크리고 있던 사람들이 겨우 고개를 들어 주위를 바라보았다.

"멈췄다!"

"사, 살았어!"

눈물을 흘리며 서로 끌어안았다. 그러다가 지온에게로 시선이 닿더니 살짝 몸을 떨었다. 지온이 보여준 인간을 벗어난 능력이 두려웠던 탓이다.

지온은 그런 반응을 보일 걸 알았기에 별다른 마음은 없었다.

"고, 고맙습니다."

어린 소녀를 안고 있는 중년의 여인이 눈물을 머금으며 지온에게 고개를 숙여 보였다.

"이젠 안전합니다. 이곳을 벗어나야 하니 이쪽으로 오세요."

지온의 말이 떨어지자 바닥에 엎드려 있던 중년의 남자가 일어나며 사람들을 다독였다. 그가 생존자 중에 리더의 역할을 했는지 사람들은 모두 그의 말을 따랐다.

'보통 사람은 아니군.'

지온은 벽을 두드리다가 그대로 주먹을 휘둘러 부수었다. 지온의 능력에 제법 익숙해진 사람들은 감탄을 하며 지온을 바라보았다. 지온이 아군이라는 것을 확실히 인지했는지 두려워하기는 했지만 피하지는 않았다.

조금 넓은 공간을 찾은 지온은 이브에게 사념을 보냈다.

"이브 들리나?"

[…마력 간섭이 심하다. 가까이 놈이 있나 보군.]

지온은 인상을 구겼다. 지하로부터 뿜어져 나온 마력이 지온의 마력에 간섭을 일으키고 있었다. 지금 이곳만 해도 마력 오염이 심하니 생존자들의 정신과 육체가 위험했다.

빨리 이동시키지 않으면 모두 타락할 것이 뻔했다.

"대피소 좌표를 불러줘. 생존자들을 찾았다."

[알겠다.]

타나토스의 마력 간섭을 뚫고 대규모적인 텔레포트 마법을 쓰려면 굉장한 마력이 들었다. 조금 부담될 정도였지만 결전을 앞둔 지금 무슨 일이 있을지 몰랐다.

지온은 고개를 저었다.

'눈앞에 사람조차 구하지 못하는데 어떻게 타나토스를 물리치고 지구를 구하겠나.'

오히려 이런 고민이 또 한 번 타나토스에게 물들게 할 수 있는 빌미를 제공할지도 모른다. 지온은 압도적인 힘을 가지고 있지만 인간이었고 감정에서 절대 벗어날 수가 없었기 때문이다.

지온이 사람들을 불러 모아 중앙에 서게 했다. 지온의 손을 잡으며 고맙다고 눈시울을 붉히는 할머니와 부끄러운 듯 살짝 미소 지어주는 아이들이 보였다.

"대피소로 이동시킬 것입니다. 그쪽 사람들의 말을 잘 듣고 따라주시면 위험은 없을 거예요."

"저기…… 같이 안 가십니까? 그, 그전에 도대체 무슨 일인지 말씀해 주실 수 있나요? 아! 저는 기자입니다."

중년의 남자가 묻자 지온은 고개를 끄덕였다. 지온은 굳어 있는 얼굴을 최대한 풀며 입을 뗐다.

"외계인이 쳐들어왔습니다."

"예? 서, 설마……."

"저는 그 외계인을 제거하러 갑니다. 그러니 앞으로 조금 힘들더라도 최대한 인내하며 버텨주세요."

지온은 최대한 가벼운 어조로 말했다. 사람들은 믿을 수 없다는 듯한 표정을 지었지만 실제로 괴물이 되는 사람도 보았고 어마어마하게 큰 괴물 지렁이도 보았다. 게다가 지온의 인간을 벗어난 능력을 바로 앞에서 보았으니 외계인 침략이라는 것에 수긍이 되어갔다.

"보통 파란 타이즈에 빨간 팬티를 입은 남자가 물리치기는 하지만 저도 일단 머리는 푸른색이니 문제없겠죠."

지온이 농담 식으로 말하자 분위기가 많이 풀어진 눈치였다. 지온을 두려워하는 기색도 많이 옅어졌다.

"그럼 이동시키겠습니다. 이동 후에 극심한 멀미가 일어나니 각오해 주세요."

"네?"

지온이 아무 말 없이 웃자 사람들은 긴장하며 얼굴을 굳혔다. 지온이 마력을 뿜으려는 때 자그마한 여자아이가 다가와서 손에 든 사탕을 지온에게 뻗었다.

"오빠, 고마워. 나쁜 놈들 혼내줘."

"그래."

지온은 피식 웃으며 사탕을 받았다. 아이의 머리를 쓰다듬어준 다음 땅에 손을 대며 마력을 뿜어냈다. 복잡한 마법진이 지온의 의지를 따라 바닥에 그려졌다. 마법을 애용하지 않는 지온이었지만 마법적 지식은 착실히 두뇌에 존재하고 있었다. 마치 책을 보듯이 머릿속을 조금 뒤져봐야 하는 불편함이 있었지만 말이다. 복잡한 연산식은 무시할 수 있었다.

[이동하라. 텔레포트.]

시작에서부터 순식간에 결과에 도달했다. 중간의 과정이라는 것을 용언으로 생략하여 마법을 발현한 것이다. 마력이 더 들기는 하지만 이러한 편이 오차가 벌어지는 것을 막을 수 있었고 좌표에 확실히 도달하게 할 수 있을 것이다.

빛무리가 치솟더니 순식간에 사람들의 모습이 사라졌다. 지온은 적막함이 감도는 어두운 터널에 서 있었다. 마치 그를 비웃는 듯한 목소리가 들려온 듯했다. 겨우 스무 명이 넘어서는 목숨을 살리기 위해 상당한 마력을 소모한 그를 비웃는 것 같았다.

제8장

재앙과의 만남

SAVER
섬광의
세이버

지온은 타나토스가 모든 것을 보고 느끼고 있다는 것을 알고 있었다. 서울의 모든 지하철은 이미 그의 위장이나 마찬가지였다. 그는 모든 대지에 녹아들어 오염시키고 생물을 죽이며 지구를 먹어치울 것이다.

육체를 잃었어도 그의 영혼 그 자체는 변하지 않는 재앙이었다.

"초대장이 없어도 상관없겠지?"

지온은 휘어지고 구부러진 철로의 옆을 걷다가 걸음을 멈추고 아래쪽을 바라보았다. 그곳에는 거대한 구멍이 있었다. 그 넓이가 가늠되지 않을 정도였고 수많은 전철이 주위에 깔려 있었다.

대부분은 아마 저 구멍에 빠졌을 것이다. 역 하나쯤은 모두 들어갈 만한 구멍이었다. 수천이 가뿐히 넘어서는 사망자를 냈을 것이다. 시체는 보이지 않았다. 타나토스에게 육체와 영혼 모두를 흡수당한 것이 분명했다.

지온은 블랙홀을 보는 듯한 거대한 구멍을 바라보다가 그대로 점프해 뛰어내렸다. 지하의 깊이는 가늠할 수 없을 정도로 깊었다.

한 줌의 빛도 없는 구멍 속은 절망 그 자체를 나타내는 듯했다. 지온은 바닥에 닿기 직전 몸을 회전시키며 바닥에 착지했다.

콰앙!!

충돌에 의한 충격파가 발산되었고 돌무더기가 비산하며 주위를 어지럽혔다. 지온이 손을 뻗자 거대한 빛의 구체가 떠올랐다.

지온은 주위의 풍경이 지구와는 어울리지 않는다고 생각했다. 타나토스의 취미인지 주변은 고풍스러운 신전과도 같은 분위기였다.

넓은 공간이 있었고 멋스러운 양각이 새겨진 기둥들도 보였다. 하지만 그 넓은 공간을 채우고 있는 것은 현대적인 기계들이었다.

기계들과 수없이 나열된 유리관.

그 유리관 속에는 사람의 형태로 배양되고 있는 것들이 있었다. 유리관과 연결된 호스를 통해 타나토스의 마력이 주입되고 있었다.

그것을 본 순간 지온은 검을 뽑아 빠르게 갈랐다. 수백의 유리관이 터져나갔다. 유리관에서 터져 나온 액체가 바닥과 닿으며 연기를 뿜어냈다.

지온은 눈에 보이는 기계를 모두 박살 냈다. 가벼운 폭발음과 함께 화염이 치솟았다. 지온은 기계로 가득한 곳을 지나 제법 안락한 편의 시설이 있는 곳에 도달했다.

고급스러운 전등이 불을 밝히고 있었고 따스한 분위기의 양탄자가 바닥에 깔려 있었다. 한쪽에는 책이 빼곡하게 가득한 서재가 있었다.

그리고 화려한 소파에 앉아 있는 인물을 볼 수 있었다. 소파에 앉아 있는 인물은 정면에 위치한 것을 바라보며 미소 짓고 있었다.

지온이 그의 시선을 따라 정면을 바라보자 몸이 살짝 굳을 수밖에 없었다. 지온의 눈에 들어온 것은 타나토스의 마력이었다. 그 마력 줄기가 하늘로 뻗어 나가고 있었다.

얼마나 많은 사람의 생명을 강탈했는지 마력은 상상 이상으로 거대했고 지금도 그 크기를 불리고 있었다.

"생각보다 늦게 왔군."

"초대장이 없어서 말이지."

"차라도 한잔할 텐가?"

지온이 검을 뽑아 그에게 던졌다. 그는 고개를 살짝 꺾어 검을 피했다.

"지온, 보아라. 인간들이 만들어낸 마력을. 지구가 내뿜는 절망이 들리지 않는가?"

"네놈은 그런 것밖에 생각할 줄 모르나?"

"나를 그렇게 겪었으면서도 그런 질문을 하는군."

지온은 타나토스와 자신은 결코 정상적인 대화를 할 수 없음을 알고 있었다.

"지온, 네가 지구에 돌아오지 않았다면 20년에 걸쳐서 천천히 지구인들을 말려 죽였을 것이다. 안타깝지 않나? 지구인들의 수명이 줄어들어서 말이야."

"내가 온 이상 네가 먼저 죽을 것이다."

"그럴 수도 있겠지."

타나토스는 자리에서 일어났다. 그의 몸에서 뿜어져 나오는 마력은 지온의 몸을 살짝 떨리게 할 정도로 짙었다.

'이 정도였을 줄이야.'

타나토스는 과학을 통해 제법 괜찮은 그릇을 만들어낸 듯 보였다.

"지구 곳곳에 마법진을 새겨놓았다. 인간들은 모두 나의 배터리라고 불러도 과언이 아니다."

"특별히 미국 먼저 먹어치우려는 이유가 있나?"

타나토스는 고개를 끄덕였다.

"영화를 보니 외부로부터의 침공은 미국이 전부 해결하더 군."

"확실히 그건 그렇군."

지온은 날카롭게 눈을 떠 타나토스를 노려보았다. 지온에 게서 살기가 폭사 되어 오자 타나토스 역시 표정을 굳히며 지 온을 바라보았다.

"급하지 않나?"

타나토스가 두 팔을 벌리며 그렇게 말했다. 지온은 거대한 푸른 검을 생성시키며 양손으로 쥐었다.

"미국이 사라지기 전에 날 막을 수 있을까?"

"충분하다."

지온이 먼저 달려들었다. 바닥에 푸른 검을 끌며 쇄도해 들 어갔다. 그 속도는 음속을 간단히 돌파할 정도로 빨랐다. 충 격파가 주위에 뿜어져 나오며 바닥이 들썩였다.

지온의 일격에 타나토스의 팔 한 짝이 공중에 날리었다. 지 온이 이연격을 날리려는 순간 날아갔던 팔이 날카롭게 변해 지온을 찔러왔다.

지온은 몇 걸음 뒤로 물러나며 팔을 피했다. 타나토스의 뒤 에 있는 거대한 마력이 타나토스에게 끊임없는 힘을 주고 있 었다. 그것은 각 나라로부터 흡수하고 있는 인간들의 생체 에 너지였다.

인간의 목숨은 그에게 있어서 그저 에너지원일 뿐이었다.

"나약한 지구인이 먼저 죽나, 내가 먼저 죽나 시험해 볼까?"

"잔머리만 늘었군."

지온은 초조해지기 시작했다. 반대로 타나토스는 상당히 여유로웠다. 하지만 지온은 무력 면에서는 자신이 월등히 앞선다고 생각했다. 마력이 아무리 많아 봤자 그것을 방출하는 그릇이 약하다면 본 실력을 발휘하지 못하기 때문이다. 두 대마수의 힘을 흡수한 지온은 타나토스가 온전히 현신하더라도 방어에 치중한다면 거의 호각으로 싸울 수 있을 것이다.

"그러고 보면 참 오랜 세월이었어. 난 널 만나서 참 다행으로 생각하고 있다. 덕분에 이런 재미있는 짓도 할 수 있지 않나?"

"안타깝군."

지온은 검을 타나토스에게 겨누었다.

"네놈은 나에게 있어 그저 암 덩어리다."

분노 섞인 말투로 말한 지온은 마력을 아끼지 않고 방출했다. 거대한 마력이 뿜어져 나가며 주변에 작은 지진을 만들어 냈다. 단지 마력을 방출하는 것만으로도 공간이 일그러졌다. 타나토스는 전 실력을 보이는 지온의 모습에 표정이 굳었다.

"강해졌군."

정체되어 있는 타나토스와는 달리 지온은 점점 강해지고

있다. 두 대마수의 힘을 온전히 자기 것으로 만들고 더 나아가 발전시키고 있는 것이다.

태어날 때부터 무력의 수치가 정해지는 마수와는 다르게 인간이라는 특성이 그것을 가능케 했다.

노력과 발전이라는 것은 나약한 인간들에게만 허락된 하늘의 재능이었다.

[강해져라.]

지온은 전신의 마력을 담은 용언을 자신에게 걸었다. 마력이 크게 증폭되며 한계에 이른 힘을 더욱 끌어올려 주었다. 지온의 전신에 검푸른 갑옷이 입혀졌다. 마력으로 짜 올린 갑옷은 빛무리를 머금어 상당히 아름다웠다. 표면은 마치 용의 비늘 형상처럼 깎여져 있었다.

스릉!

푸른 섬광에 불과했던 지온의 장검이 빛무리를 머금으며 구체화하여 날카로운 예기를 뿜어냈다. 타나토스의 눈에 놀라움이 깃드는 순간 지온의 검이 움직였다.

콰아아아!

타나토스의 육체를 단번에 베어버렸다. 검이 지나간 자리는 공간이 베어지며 그 자리 자체를 없애버렸다. 가슴이 사라진 타나토스는 끊임없이 복원되었다.

타나토스가 두 손을 뻗자 그의 뒤에 있던 모든 마력이 그에게 흡수되었다.

"나는 절대자다!"

그렇게 외친 타나토스의 얼굴이 일그러졌다. 몸이 크게 부풀어 올라 이 미터를 넘어섰고 피부에는 검은 털들이 치솟아 올랐다. 눈은 찢어져 붉은빛을 머금었다.

마치 도깨비를 보는 듯한 모습이었다. 전신에 새겨진 붉은 마법진은 계속해서 인간의 생체 에너지를 마력화시키고 있었다. 그는 주변에 날아다니는 인간의 영혼을 손으로 잡아 입에 가져다 대었다.

꽈득!

이빨로 난자해 씹어 넘겼다. 간단한 간식을 먹는 듯한 그의 모습에 지온의 눈에는 분노가 서렸다.

"과학과 마법을 집약시킨 육체이다."

"벌써 그 정도까지 이루었나?"

"예비용이지만 말이지."

지온이 다시 먼저 달려들었다. 잔상이 사라지기도 전에 지온의 몸은 타나토스의 코앞에 이동해 있었다. 지온은 강하게 올려 베었다.

캉!

공간마저 가르는 지온의 일격이 타나토스의 손에 막혀버렸다.

콰아아아!

충격파가 일며 주위 일대를 날려버렸다. 타나토스는 손으로 지온의 검을 잡았다. 손에 상처가 생기며 피가 튀겼지만 계속해서 재생되었다.

지온이 힘으로 검을 빼려고 할 때 그의 주먹이 지온의 턱에 닿았다.

쾅!!

지온의 몸이 아주 빠르게 위로 치솟아 오른다. 천장에 부딪히고도 한참을 계속해서 올라갔다. 지면을 분쇄하며 지상으로 솟구쳐 오르고 있는 것이다.

지온은 검을 다시 잡으며 자신에게 뻗어오는 타나토스의 모습을 바라보았다.

처억!

주먹이 지온에 가슴에 닿을 때쯤 지온의 검 역시 그의 가슴에 박혔다. 지온과 타나토스가 함께 지상으로 솟구쳐 올라갔다.

"하압!"

지온은 검을 야구 방망이처럼 휘둘러 검에 박혀 있던 그를 공중을 향해 대각선으로 날려버렸다. 타나토스가 빌딩에 처박혔다.

쾅드드드드!

빌딩의 중간 부분에 처박히자 빌딩의 상부가 무너져 내리며 아래로 떨어졌다. 지온은 무너져 빌딩의 상부를 보며 바닥을 박차고 타나토스에게 뻗어 갔다.

타나토스가 모습을 드러내며 자신의 위로 떨어지는 빌딩의 상부를 보며 웃었다.

지온의 눈이 크게 뜨였다. 타나토스가 무너져 내리는 빌딩의 상부를 잡더니 그대로 그것을 통째로 휘둘러왔다. 20여 층 높이의 거대한 건물이 아주 빠르게 지온의 몸을 가격했다.

콰아앙!

지온은 한 손으로 그것을 막으며 위를 바라보았다. 빌딩의 상부가 두 갈래로 갈라진다. 위에서 무언가 파괴적인 기운이 그것을 분쇄하고 있는 것이다.

지온은 다급히 검을 잡고 위를 향해 휘둘렀다. 뻗어오는 검은 기운이 지온의 검과 닿았다.

파아아아!

도심이 흔들렸다. 주변에 있던 건물들은 무너져 내렸고 그밖에 있던 건물들의 창문이 무자비하게 박살 났다. 지온은 밑으로 꺼지는 자신의 몸을 회전시키며 바닥에 착지했다.

충격이 커 무릎을 꿇은 지온은 한쪽 팔이 잘린 타나토스를 바라보았다. 그 역시 방금 전 충격에 상당한 데미지를 입은 것 같았다.

지온의 갑옷 일부분이 박살 나 바닥에 떨어졌다. 타나토스보다 상태가 나았지만 무시할 수 있는 데미지는 아니었다.

'엉망이군.'

빌딩들이 무너져 내리며 지온의 주변을 어지럽혔다. 버려진 차들이 박살 나며 폭발했다. 서울의 중심은 순식간에 폐허가 되어버렸다. 그나마 시민들이 대피해 인명 피해가 없다는 것이 다행이었다.

지온은 마력을 모두 모으며 다시 검을 들었다. 지온이 자리에서 일어나 검을 들자 타나토스는 한쪽 팔을 간신히 재생시키며 바닥에 착지했다.

침묵이 자리 잡았다. 침묵을 깬 것은 지온도, 타나토스도 아니었다. 어느새 주변에 자리 잡은 전차가 타나토스를 향해 고폭탄을 발사했다.

콰앙! 콰앙!!

타나토스는 자신의 머리에 직격한 고폭탄 때문에 머리가 살짝 기울어졌다.

"벌레들이 끼었군."

타나토스의 모습이 사라졌다. 지온은 눈으로 쫓으며 타나토스의 이동을 뒤따랐다. 순식간에 전차 앞에 나타난 타나토스가 전차의 포신을 잡으며 휘어버렸다. 그러더니 한 손으로 전차를 들었다.

뒤따라온 지온을 보며 던져버렸다.

지온은 전차를 베어버리지 못하고 그대로 받을 수밖에 없었다. 전차 안에는 군인들이 있었기 때문이다. 지온이 전차를 받는 순간 막대한 기운이 지온에게 쏟아져 왔다.

콰아앙!

지온은 다급히 전차를 내리고 몸으로 검은 구체를 막았다. 타나토스의 손에서 뿜어져 나온 어둠의 구체는 높은 빌딩 하나를 순식간에 날려버릴 정도로 어마어마한 파괴력을 지닌 것이었다.

"큭!"

지온의 투구가 부서져 내리며 푸른 머리카락이 공중에 날리었다.

"그렇게 강한 힘을 지니고 있으면서 왜 저런 미개한 놈들을 위해서 싸우지?"

지온은 대답 대신 검을 들었다. 타나토스의 주위로 마력이 모여들었다.

"보이는가? 이 인간들의 절망이!"

그는 자신의 몸 주위로 떠오른 마력을 보며 지온에게 말했다.

"참으로 많은 나라에 벌레같이 모여든 것들이다."

"네놈……!"

"그래도 네 고향은 그나마 나은 편이다. 서울을 제외하고는 멀쩡하지 않은가? 일본은 반쯤 융해되었고, 다른 선진국들도 마찬가지지. 미국은 곧 사라질지도 몰라."

타나토스의 마력은 줄어들지 않았다. 그것이 인간들의 목숨 값이라는 것을 지온은 잘 알고 있었다.

'하지만 그렇다고 해서 무적이란 것은 아니야.'

지온은 신중하게 검을 잡았다. 자신의 모든 것을 걸고 타나토스를 지금 당장 쓰러뜨려야만 했다. 마법진은 점점 완성되어 갔고 전 세계가 파괴되고 있었다.

　"인간들은 타락당해 몬스터로 변해가지. 어린아이는 코볼트, 성인들은 오크, 탐욕이 많은 자들은 오우거. 인간들을 제거하는 것은 몬스터들을 없애는 것과 같다고 생각하지 않나?"

　"네가 없어진다면 몬스터들이 더 이상 생기지도 않겠지. 어차피 네놈은 그런 짓밖에 할 수 없는 존재다."

　"무슨 소리냐."

　지온은 타나토스를 노려보았다.

　"새로운 세계를 만든다고? 네놈 따위가? 웃기고 있군. 네놈이 할 줄 아는 거라곤 고작 자신보다 약한 자를 괴롭히는 일뿐이다."

　타나토스가 얼굴을 일그러뜨렸다.

　"난 네놈에 잘 안다. 타나토스. 네가 하고 싶은 것들은 네가 할 수가 없기 때문에 바라고 있는 것들뿐이다."

　지온은 타나토스에 대해서 잘 알았다. 그와 하나가 되었을 때 그의 모든 것을 이해할 수 있었다. 그는 절망을 먹고 자라며 절망 그 자체가 된 존재. 그 어떤 일을 행하든 결과물은 절망이었다. 그가 세계를 창조하는 그런 숭고한 일을 할 수 있을 리 없었다.

지구를 흡수하여 자신을 초월해 그것을 이룬다고 자신하고 있지만 지온은 불가능하다 여겼다.

"크, 크하하!"

타나토스는 크게 웃었다.

"넌 인간들을 부러워하고 있어."

"내가 저 벌레들을 부러워한다고? 웃기지 마라!"

타나토스는 주먹을 쥐었다. 그의 붉은 눈이 크게 찢어지며 지온의 모습을 담았다. 두려움을 불러일으켰던 황금빛 눈동자는 이제 그 어디에서도 볼 수 없었다.

지구에 오면서 그는 약해지고 더욱 악해졌으며 악이라 불리지만 거대하며 깊었던 그의 정신은 너무나도 옅어졌다. 그저 집착이 낳은 망집에 불과했다.

"네놈의 앞에서 네가 사랑한 모든 것을 없애주마. 타락시키고 타락시켜 주마!"

지온은 모든 마력을 검에 집중시켰다. 전신의 마력이 빠져나가자 몸은 급속도로 무거워졌다. 지온의 손에 들린 검은 맹렬한 푸른빛을 내었다.

빛의 기둥이 치솟으며 구름을 지우고 뻗어 갔다. 강렬한 충격에 전차들이 밀려 나갈 정도였다.

타나토스 역시 마력을 끌어모으며 그에 대항했다. 검은 기운이 뿜어져 나가며 주위의 모든 것을 녹였다. 그는 절망 그 자체였다.

지온은 천천히 검을 그에게 겨누었다. 검의 궤적이 공간을 가르며 주변의 사물을 일그러뜨렸다. 시공간이 뒤틀렸지만 과거나 미래로는 갈 수 없었다.

지온은 그제야 알 수 있었다. 지구는 자신이 속한 곳이 아니었다. 자신의 속했던 시간대는 존재하지 않았다. 그가 자란 곳은 지구가 아닌 다른 세계였다.

'나도 외계인이군.'

지온은 지구인이 아니었다. 단지 지구에서의 추억을 간직한 다른 세계의 인간이었을 뿐이다. 지온은 잡념을 지우고 마음을 다잡았다. 눈앞에 있는 거대한 절망은 언제까지나 자신을 따라다니던 어둠이었다.

절망은 그를 좌절시키고 잔인하게 만들었다. 하지만 지금은 그 모든 것들을 극복했다.

"타나토스. 이걸로 끝이다."

지온의 몸이 사라졌다. 타나토스의 주위로 이동한 지온은 타나토스마저 시야에서 놓칠 정도로 빨랐다. 잔상을 그리며 나타났다 사라지는 모습을 타나토스가 고개를 돌리며 쫓았다.

"죽어라!!"

타나토스의 손에서 거대한 에너지가 방출되어 왔다. 그것은 주변을 녹이고 뻗어 가 눈에 보이는 모든 빌딩을 없애버렸다.

지온이 그것에 휘말렸다면 분명 버티지 못했을 것이다.

치지직!

지온의 전신 갑옷이 떨어져 나가며 타나토스의 뒤에 나타났다. 타나토스는 다급히 몸을 돌렸다. 타나토스의 두 눈이 크게 뜨이는 순간

콰아아아아!

지온의 검이 타나토스의 가슴을 가르며 등 뒤로 뚫고 나왔다. 타나토스의 육체가 흔들렸다.

"사라져라. 타나토스."

타나토스는 지온을 바라보았다. 그의 육체가 서서히 무너져 내리는 것이 지온의 눈에 보였다. 강대했던 마력이 주변으로 퍼졌다.

푸숙!

지온의 검이 뽑혀 나왔다. 지온은 모든 힘이 빠져 무릎을 꿇을 수밖에 없었다. 타나토스는 몇 걸음 뒤로 물러나다가 무너지는 자신의 육체를 바라보았다.

"크, 크흐흐흐."

그가 웃었다. 지독한 고통을 느끼고 있는 것이 분명한데도 그는 웃었다. 지온은 고개를 들어 간신히 그를 바라보았다.

"이번엔 네가 이겼군."

타나토스는 그렇게 말하며 무너져 내리는 몸을 이끌고 지온의 앞에 섰다. 타나토스의 양팔이 무너져 내렸다. 그의 목

이 떨어져 나가며 지온의 앞에 머리가 굴러 왔다.

"힘든가 보군. 지온. 하긴 지구에서는 마력 회복 속도가 상당히 느리지."

"너……."

"마법진이 사라지기는 했지만 모였던 마력이 사라지는 것은 아니지."

전 세계를 공포로 몰아넣었던 마법진이 사라진 것이 느껴졌다. 하지만 주변에 흩어지던 마력이 다시 모이더니 어디론가로 뻗어 갔다.

지온의 표정이 급격히 굳었다.

"네 본체가 아니었군."

"영혼 대부분이 이 육체에 있긴 하지만 심장과 마찬가지인 근원은 다른 곳에 숨겨져 있지. 자신이 느끼지도 못하고 자신이 그저 평범한 인간이라고 생각하고 있다. 덕분에 날 숨길수 있었다."

그의 얼굴이 사라져간다.

"다음은 내 승리다."

지온은 몸을 일으키려고 했지만 다시금 몸이 무너졌다. 갑옷이 박살 났고 상처도 상당히 깊었다. 지온은 그의 얼굴을 주먹으로 쳐 완전히 없애버렸다.

"평범한 인간에게 있다고?"

타나토스는 스스로 자신의 근원이 인간의 영혼에 붙어서

존재를 숨기고 있다고 말했다. 모든 마력이 그 인간에게 닿는 순간 그는 다시 부활하는 것이다.

조금 전의 그는 지온의 마력을 모두 소진하고 지온에게 상처를 입히는 것이 목적인 분신체였다. 지온은 흐릿해지는 시야를 간신히 붙잡고 일어났다.

후두둑!

피가 바닥에 쏟아져 내렸다. 마지막 그 일격을 빗겨 피했지만 일부 데미지가 육체에 쌓인 것이다. 지온의 검이 부서져 내리며 사라졌다.

"가야 해."

지온은 떨어지지 않는 발걸음을 옮기려다가 그대로 무너졌다. 다시 일어나 거의 기다시피 필사적인 걸음을 옮겼다. 다시 육체가 무너지려는 순간 누군가 그의 몸을 잡아주었다. 간신히 고개를 들어 보니 익숙한 얼굴이 보였다.

"빨리 구급 헬기를 띄워!"

"스미스 요원?"

"대피소로 옮기겠습니다!"

"아니, 아직 끝난 것이 아니에요."

지온이 그렇게 말하자 스미스 요원은 이해가 안 된다는 표정으로 지온을 바라보았다.

"타나토스가 방금 죽은 것이 아닙니까?"

"분신이었습니다. 본체는 인간에게 기생하고 있어요. 조금 있으면 부활할 것입니다!"

"그렇군요. 하지만 지금은 지온님의 치료가 우선입니다. 이브님이 준비하신 것이 있습니다."

지온의 몸이 축 처졌다. 스미스 요원의 주위로 분주하게 움직이던 군인들이 지온의 몸을 들것에 옮겼다. 그리고 빠르게 움직이며 헬기에 올랐다.

스미스 요원은 작게 한숨을 내쉬고는 파괴된 도심을 바라보았다.

"1차전이 끝났다는 건가?"

자신의 본국도 아슬아슬하게 지켜진 눈치였다. 각 나라들도 피해가 어마어마하지만 전멸까지는 가지 않은 것 같았다. 남아 있는 몬스터들은 군부대를 동원해 제거하고 있다고 한다.

스미스 요원은 빠르게 헬기에 타며 지구의 희망인 지온을 바라보았다.

* * *

에멜리아는 지오프를 호위하며 내피소 쪽으로 가고 있었다. 아쉽게도 마법에 정통하지 못한 에멜리아는 자신의 발을 이용하여 대피소까지 가야만 했다.

"이럴 수가…… 이건 말도 안 돼!"

도심의 처참한 풍경을 보며 신성이 그렇게 외쳤다.

"신성 님. 이동해야 합니다."

"에멜리아씨는 아무렇지도 않은가요?"

지온이 묻자 에멜리아는 고개를 저었다.

"저도 신성 님의 고향이 파괴된 것이 무척이나 슬픕니다. 하지만 지금은 신성 님의 목숨을 지켜야 합니다."

"제가 뭐라고 지킨다는 겁니까?"

에멜리아는 신성을 바라보았다. 그리고는 결심한 듯이 입을 떼었다.

"과거엔 제 약혼자셨고, 미래엔 제 가장 소중한 반쪽이 되실 분입니다."

"네?"

"미래는 아직 결정 난 것이 아니지만요."

고백과도 같은 말에 신성은 눈을 깜빡이다가 얼굴이 급격히 붉어졌다. 여자에게 그런 고백을 받는 것은 난생처음이었다. 게다가 에멜리아처럼 찾아볼 수 없을 정도로 아름다운 미인에게는 꿈속에서조차 없었던 일이었다. 살짝 붉어진 뺨을 손으로 문지르는 에멜리아의 모습은 굉장히 아름다웠다.

"언제 절 보셨다고 그렇게……."

"물론 지금의 신성 님에게 반하지는 않았습니다."

"자, 잘 이해가 되지 않는데요?"

"이쪽입니다!"

에멜리아는 신성의 손목을 잡고 달리기 시작했다. 신성은 가쁜 호흡을 몰아쉬며 끌려갈 수밖에 없었다.

'무슨 여자가 이렇게 힘이…….'

하긴 에멜리아는 보통 여자라 생각할 수 없는 것들을 보여 주긴 했다. 괴물들을 단칼에 가른다거나 자동차를 베고 이상한 빛을 뿜어 괴물들을 제거하는 등 말이다. 에멜리아는 자신이 검사라고 말하긴 하지만 신성의 눈에는 초능력자 정도로 보였다.

"저 편의점에서 잠시 쉬었다 가겠습니다."

"사, 살았다!"

편의점으로 들어가자마자 신성은 그 자리에 퍼져 엎어졌다.

부스럭!

에멜리아가 검을 뽑았다. 카운터 쪽에서 인기척이 느껴졌기 때문이다. 에멜리아는 단숨에 카운터를 가르고 인기척을 향해 검을 뻗었다.

"꺄, 꺄아아악!"

에멜리아의 검이 멈췄다. 에멜리아의 눈에 들어온 것은 언젠가 본 적이 있는 여자였다.

"세연아?"

"오, 오빠?"

세연은 신성의 모습이 보여서 안심했지만 자신에게 향한

검 때문에 다시 겁에 질려버렸다.

"에, 에멜리아 씨. 그녀는 적이 아닙니다."

"그렇군요."

에멜리아가 검을 회수하자 세연은 가쁜 숨을 몰아쉬었다.

"어떻게 된 거야?"

"모, 모르겠어요. 가, 갑자기 괴, 괴물들이 달려들고 그래서 여기로 숨었어요. 어, 어떡하죠? 무서워요."

"걱정 마! 우리는 대피소로 가는 중이야. 너도 같이 가면 돼."

"그, 그래요?"

신성이 에멜리아를 바라보자 에멜리아는 작게 숨을 내쉬며 고개를 끄덕였다. 마음에 들지 않은 여자였지만 에멜리아역시 사람을 버리고 가는 그런 성격이 아니었다. 에멜리아는 간단히 자신을 소개하고 입을 닫았다.

신성은 차가워 보이는 에멜리아의 모습에 식은땀을 흘렸다.

"그, 그럼 에멜리아 언니라 불러도 될까요?"

"마음대로 하십시오."

"네? 네!"

신성이 살짝 웃음을 흘리자 세연도 간신히 미소 지었다. 에멜리아는 묵묵히 편의점에서 먹을거리를 챙기기 시작했다. 열량이 높은 것들을 파악하고 가급적이면 무겁지 않은 것들로 챙겼다.

"미안해요."

"아니야. 좋아하는 사람이 있다면 어쩔 수 없지."

"부, 분명 좋은 사람을 만나실 거예요."

대화를 듣고 있던 에멜리아가 식량이 담긴 봉투를 신성 앞에 가져다주었다.

"당연합니다. 신성 님은 앞으로 인기가 많아지실 겁니다."

"그럴 리가."

에멜리아가 웃으며 신성을 바라보자 세연은 눈을 깜빡이며 두 사람을 번갈아 바라보았다. 에멜리아는 헛기침을 하고는 입을 떼었다.

"이동합니다. 대피소까지의 거리는 얼마 남지 않았습니다. 쉬지 않고 갈 겁니다."

에멜리아가 앞장서자 세연과 신성이 뒤따랐다. 에멜리아는 신중하게 주위를 살피며 걸었다. 조금은 답답하게 느껴질 속도였지만 신성과 세연은 그것도 무척이나 빠르게 느껴질 정도였다.

콰아아아!

먼 곳에서 커다란 소리가 들려왔다. 충격에 의해 주변이 흔들릴 정도였다.

"무, 무슨 일이죠?"

"지온님께서 싸우고 있습니다."

신성이 묻자 에멜리아는 얼굴을 굳히며 말했다.

"지온님? 호, 혹시 푸른 머리의 남자인가요?"

세연이 묻자 에멜리아가 고개를 끄덕였다.

"그랬군요!"

"세연아, 너 그 남자를 알아?"

"그…… 제가 좋아하는 남자가 그분이에요."

에멜리아는 세연의 말에 한숨을 내쉬며 이마를 감싸 쥐었다. 빨리 결혼하지 않으면 위험할 것이란 이브의 말이 머릿속에 떠올랐다. 이브야 지온과 영혼을 나눈 사이니 인정하지만 다른 여자는 절대 인정하지 않는 에멜리아였다.

"음?"

에멜리아는 걸음을 멈추고 자동차를 엄폐물 삼아 자세를 낮추었다.

"괴, 괴물……."

세연이 몸을 바들바들 떨며 괴물들을 바라보았다.

"오크군요."

오크의 무리였다. 쇠파이프 따위를 들고 거리를 휘젓고 다니고 있었다.

"괴물에 대해 잘 아시네요?"

이제는 이런 상황이 제법 익숙해진 신성이 묻자 에멜리아가 고개를 끄덕였다.

"오크 정도라면 걱정하지 않으셔도 됩니다."

"하지만 괴물이잖아요!"

에멜리아가 검을 뽑으며 몸을 일으켰다. 길목을 막아서고 있는 이상 처리를 해야만 했다.

"에, 에멜리아 언니?"

"여기에 계십시오."

세연이 에멜리아를 말리려고 했지만 에멜리아는 벌써 오크의 앞에 이동해 있었다. 에멜리아가 본격적으로 검을 휘두르기 시작하자 세연과 신성은 넋을 잃고 바라볼 수밖에 없었다.

빛이 번쩍하는 것 같더니 오크들이 쓰러지고 아름다운 움직임으로 오크들을 쓰러뜨리고 있었다.

차악!

검을 검집에 넣자 오크들이 동시에 바닥에 쓰러졌다.

"대, 대단해."

신성은 감탄했고 세연은 아직도 멍한 표정이었다. 에멜리아가 손짓하자 신성은 세연을 이끌고 에멜리아에게 왔다. 에멜리아는 세연을 바라보았다. 보통 사람이라면 이런 모습을 보였을 때 공포 섞인 눈으로 자신을 바라보았다.

"머, 멋지네요! 만화 속 주인공 같아요!"

에멜리아는 세연의 생각과는 다른 모습에 살짝 몸을 삐끗했다. 눈을 반짝이며 말하는 모습이 제법 귀여웠다.

"신성 님이 좋아하실만 하군요."

"그, 그래요?"

"하지만 바람 피우시면 안 됩니다. 물론 미래에 말이죠."

"네?"

에멜리아의 미소에 신성의 얼굴이 붉어졌다. 에멜리아와 세연의 사이가 제법 좋아지고 분위기도 화기애애해 졌다. 대피소와 가까이 왔을 때 신성의 표정이 굳었다.

"저, 저건?"

"오우거입니다. 물러나세요!"

에멜리아가 검을 뽑으며 그들의 앞을 막아섰다. 오우거는 자동차를 집어던지다가 에멜라이 쪽으로 돌진했다.

"신성 님! 세연을 데리고 뒤로 피하세요!"

"아, 알겠습니다!"

신성이 세연을 데리고 피하자 에멜리아는 살기를 방출하며 오우거를 바라보았다. 오우거 따위는 에멜리아의 적수가 못 되었다. 다만 신성과 세연이 걱정될 뿐이었다.

서걱!

에멜리아가 오우거의 두 다리를 베자 오우거가 바닥에 쓰러졌다. 막 오우거의 목을 베려고 할 때였다.

콰아아아!

멀리서 검은 기운과 푸른 섬광이 뿜어져 나오는 것이 보였다. 잠시 후 어마어마한 충격파가 주위를 날려버렸다.

"큭!"

에멜리아는 신음을 흘리며 뒤로 물러났다. 다행히 신성과 세연은 몸을 숙이고 그 여파를 피했다.

"괜찮으십니까?"

"네, 전 괜찮아요. 세연아?"

바닥에 쓰러져 있던 세연에게 반응이 없었다. 신성이 세연에게 다가가서 그녀의 어깨를 잡은 순간,

텅!

신성의 몸이 튕겨져 나갔다. 에멜리아는 튕겨져 나가는 신성을 손으로 잡고 세연을 바라보았다. 다시 다가가려는 신성을 제지했다. 세연의 몸 주위로 쏟아져 내리는 어마어마한 마력이 느껴졌기 때문이다.

두렵고도 절망적인 마력이었다. 에멜리아는 몸이 굳는 것을 느꼈다. 공포가 치밀어 올랐다.

"세, 세연아?"

신성 역시 공포에 젖은 목소리로 그녀의 이름을 불렀다.

"크, 크흐흐."

세연의 입에서 튀어나온 목소리라고는 믿을 수 없는 끔찍한 목소리가 울려 퍼졌다.

"넌 누구냐!"

에멜레이가 검을 겨누며 말하자 세연이 몸을 일으켰다. 세연의 눈은 붉게 물들어 있었다. 그녀의 몸 주위로 검은 기운이 뿜어져 나왔다.

"지온의 계집인가? 크, 크큭! 좋아. 너무 좋군!"

"타나토스?"

에멜리아가 그녀의 정체를 깨달았다. 지온과 싸우고 있었음이 생각난 에멜리아는 그를 노려보며 입을 떼었다.

"지온님께서는……."

"과연 어떻게 되었을까?"

"네놈!"

에멜리아가 빠르게 검을 뻗자 세연의 몸을 잠식한 타나토스가 가볍게 손을 들어 검을 막았다. 마력 공급이 끊어지기는 했지만 지금껏 모은 마력은 대단히 많았다. 타나토스가 손을 휘젓자 에멜리아가 튕겨져 나가며 쓰러져 있는 자동차에 부딪혔다.

"에멜리아 씨!"

신성은 다급히 에멜리아에게 다가갔다. 도저히 이 상황이 이해가 되지 않았다. 세연은 갑작스럽게 저런 말도 안 되는 괴물이 되었고 그 강했던 에멜리아가 이렇게 압도적으로 당한 것이다.

에멜리아가 비틀거리며 일어나 신성의 앞을 막아섰다.

"발악해 보아라! 네년을 찢어 죽이고 저놈의 영혼을 취하겠다!"

"세, 세연아!"

"지온! 지온, 증오스러운 존재!"

짝사랑하던 세연이 분노 섞인 눈으로 신성을 노려보며 말했다. 신성은 도저히 정신을 차릴 수가 없었다. 일그러져 가는 세연의 모습을 그의 정신은 감당할 수 없었다.

"세, 세연이를 놔줘!"

"물러나십시오! 그녀는…… 이미……."

"그럴 리가!"

신성의 무릎이 힘없이 꿇려졌다. 현실을 받아들일 수 없었다. 유일하게 자신을 있는 그대로 받아주었고 미소를 건네주었던 여자가 저리도 끔찍한 존재가 되어버린 것이다.

신성은 격렬한 분노에 휩싸였다. 저 존재를 죽여버리고 싶었다. 무언가 가슴에서 치밀어 올랐다.

"신성님?"

"크흐……."

타나토스는 가슴을 부여잡은 신성을 보며 비릿하게 웃었다. 그의 영혼에서 느껴지는 기운은 자신의 육체를 다시 만들고도 남을 정도였다. 타나토스의 온전한 영혼과 용의 흉터, 그리고 순수한 지오프의 영혼이었다. 그의 영혼에 봉인되었던 것들이 천천히 눈을 뜨려 하고 있었다.

"죽여버리겠어!"

신성이 몸을 일으키며 타나토스를 노려보았다. 신성은 타나토스를 향해 달려들기 시작했다. 에멜리아가 막으려 했지만 방금 전 당한 부상 때문에 몸을 삐끗했다.

타나토스가 비릿하게 웃으며 신성의 육체를 먹어치우려는 순간이었다.

퍽!!

신성의 육체가 뒤로 튕겨져 나가 에멜리아의 옆에 쓰러졌다.

"으윽!"

신성이 신음을 내뱉으며 다시 일어서려 했지만 신성의 머리 위로 착지한 여자가 있었다.

"이브?"

에멜리아가 신성의 머리를 밟고 있는 이브의 이름을 불렀다.

"오랜만이군. 절망의 마수."

"크하하핫! 네년이었군. 그래, 네년도 왔었어."

타나토스는 이브를 노려보았다. 이브는 담담히 그 시선을 받았다.

"다시 내 밑으로 들어올 생각이냐?"

"애초부터 계약직이었다. 네놈은 마음에 드는 사장은 아니었어."

"그럼 죽어라!"

타나토스가 손을 뻗어 검은 구체를 날렸다. 이브는 손을 휘저어 마력장을 형성시켜 검은 구체를 막았다.

콰아앙!

검은 구체가 튕겨져 나가며 주변 건물을 쓸어버렸다. 이브는 손이 저릿한 느낌에 눈썹을 찡그렸다. 인간의 육체로는 저 거대한 존재와 대적하기 힘들었다. 게다가 지금 이브의 컨디션은 보통 이하였다.

"그러고 보면 네 부하들은 모두 떠나가 버렸군. 타나토스."

"강한 내가 약한 네놈들을 버린 것이다."

"네놈 하나 살기 위해서, 조금 더 강한 힘을 얻기 위해서 배신한 것이지. 애초부터 우리는 패배할 전쟁을 했던 거다."

"그렇군. 그때의 네년은 아주 악랄했는데 말이야."

"네놈은 늘 겁쟁이였다."

타나토스의 얼굴이 구겨지며 이브에게 달려들었다. 이브는 뒤로 물러나며 수십의 화염구를 쏟아부었다. 하지만 타나토스의 마력에 막히며 허무하게 사라졌다.

타나토스가 이브의 코앞에 나타나 손을 휘두르기 직전 이브가 먼저 손을 뻗었다.

콰아아아!

뿜어져 나간 화염이 타나토스를 튕겨내며 수백 미터를 박살 냈다. 아스팔트가 녹아 물처럼 흘렀고 주변 건물이 화염에 휩싸였다. 이브는 조금 지친 듯 가쁜 호흡을 몰아쉬었다.

"무리인가."

건물에 처박혔던 타나토스가 다시 몸을 일으켜 다가왔다.

그가 지닌 마력에 의해 상처가 재생되었고 육체가 더욱 견고해졌다. 하지만 한계에 봉착했다. 그는 빨리 신성을 흡수할 필요성을 느꼈다.

이브와 에멜리아가 신성을 보호하듯 앞을 막아서며 타나토스를 노려보았다.

"시간을 벌 수 있겠나?"

"될 수 있으면 없애고 싶은데 무리겠지."

이브의 말에 에멜리아가 담담한 어조로 답했다. 이브의 안색이 살짝 어두워졌다.

'지온······.'

지금 가장 보고 싶어 하는 사람의 얼굴이 떠올랐다. 에멜리아의 뒤에 있던 신성이 비틀거리며 일어났다.

"세연을 놓아줘!"

"그럼 너의 육체라도 줄 건가?"

"원한다면!"

에멜리아와 이브가 신성의 앞을 막아서기는 했지만 순식간에 돌파하는 타나토스의 움직임을 막지는 못했다. 에멜리아는 옆으로 튕겨져 나갔고 이브는 몇 걸음 주춤거렸다.

"안 됩니다!"

신성은 자신이 얼마나 중요한 존재인지 모르고 있었다. 그저 자신의 목숨을 바쳐서라도 세연을 지키고 싶은 마음뿐이었다. 간절히 자신을 바라보며 외치는 에멜리아를 본 순간 신성의 의식이 흐려졌다.

세연의 입에서 뿜어져 나온 검은 기류가 신성의 입으로 들어간 것이 바로 그때였다.

"이런……!"

이브의 얼굴에 낭패한 기색이 떠올랐다. 세연의 육체가 바닥에 쓰러졌다.

"크, 크아아악!"

에멜리아와 이브는 비명성을 토해내는 신성을 바라만 볼수밖에 없었다. 에멜리아가 다가가려 했지만 이브가 손으로 제지했다.

"놈의 영혼이 감당하지 못하고 있다."

"그, 그럼 어떻게 되는 거지?"

"폭주하겠지."

이브의 얼굴이 굳어지는 순간이었다.

제9장
마지막 싸움

SAVER
섬광의
세이버

지온은 헬기로 빠르게 대피소까지 이동했다. 대피소 옆에 마련된 임시 연구소에 지온의 몸이 옮겨졌다. 진을 치고 있던 의료진들이 지온의 몸을 점검하고 간단하게 응급치료를 했다.

　"빨리 그것을 가져와!"

　"하, 하지만 아직 불안정합니다."

　"로즈 님은 어디에?"

　연구원들이 스미스 요원의 외침에 그렇게 말했다. 스미스 요원은 상관없다는 듯 빨리 가져올 것을 재촉했다.

　"지온님 정신이 드십니까?"

"여긴?"

"임시 연구소입니다."

지온은 자신의 몸에 힘이 하나도 없음을 느꼈다. 마력 회복이 늦은 지구에서 움직일 수 있는 컨디션까지 회복되려면 꼬박 하루는 걸릴 것 같았다. 하루 동안 아무것도 못하게 된다면 타나토스를 막을 수 없을 것이다.

'움직여야……'

지온이 움직이려하자 스미스 요원이 제지했다.

"지온님, 이브님과 저희 연구원들이 만약의 사태를 대비해 만든 것이 있습니다. 아직 불완전하지만 지온님의 에너지를 충전시키고 더 나아가 발전시킬 수 있을 겁니다."

스미스 요원은 연구원들에게 손짓하자 연구원들은 지온의 몸에 거대한 호스를 부착하기 시작했다. 그리고 상자에 담긴 붉은 보석을 그 옆에 있던 거대한 기계에 넣었다. 그 보석에서는 이브의 마력이 느껴졌다.

"이브님과 저희는 막대한 전력을 마력화 하는 방법을 개발했습니다. 타나토스처럼 생체 에너지, 정신 에너지를 마력화 시키는 것이 빠르겠지만 연구 끝에 개발할 수 있었습니다. 효율이 나쁘긴 하지만 말이죠."

지온은 작게 고개를 끄덕였다. 스미스 요원은 무언가 말하려 하다가 뒷말을 삼켰다. 지온은 그 말이 무엇인지 짐작할 수 있었다.

개발을 하긴 했지만 실험을 하지 않아 불안하다는 것이었다. 잘못하다가는 지온의 몸이 손상을 입을 수 있었다. 하지만 지온은 고개를 끄덕여 모든 것을 받아들였다.

"그럼 시작하겠습니다. 시작해라!"

"에너지 충전을 시작합니다! 전력의 집중으로 시스템 다운이 일시적으로 일어날 수도 있습니다! 그에 대한 대비를!"

분주한 소리가 오갔다. 지온으로서는 알 수 없는 말들이 들려왔고 한 차례 격통과 함께 온몸으로 들어오는 막대한 에너지를 느낄 수 있었다.

지온의 텅 빈 몸으로 들어오기 시작한 에너지는 마력으로 바뀌었다. 온몸이 타버릴 듯 너무나도 뜨거웠다. 금방이라도 몸이 터져나갈 것 같았다.

'견뎌야 해.'

지온은 이를 악물고 자신의 몸에서 날뛰고 있는 에너지를 다스리기 시작했다. 이브의 마력이 담긴 보석이 지온의 의지에 힘을 보태주어 점차 지온의 안색이 나아졌다.

"맥박, 호흡 모두 정상입니다!"

주위에 대기하고 있던 의료진들이 안도의 한숨을 내쉬며 그렇게 말했다.

지온의 의식이 흐릿해졌다. 시야가 어두워지며 주변의 소리가 점차 들리지 않게 되었다. 정신을 차린 순간 지온은 익숙한 광경을 볼 수 있었다.

'여긴?'

예전엔 너무나도 두렵고 싸늘한 그런 공간이었다. 폐허만이 가득한 그런 공간이었는데 지금은 푸른 들판이 자리 잡고 있었다. 폐허가 된 건물들에서 꽃이 피어올랐고 멀찍이 떨어진 곳에 꽂혀 있는 거대한 검이 보였다. 그리고 그 옆에 언젠가 보았던 거대한 용이 하늘을 올려다보고 있었다.

지온은 자신의 발밑을 바라보았다. 들판 가득히 새겨져 있는 익숙한 문양에서는 푸른 기류가 흘러나왔다. 그것은 용의 흉터였다.

지온이 바닥에 손을 대자 들판이 갈라지며 말로는 표현할 수 없는 장관이 펼쳐졌다. 갈라진 들판에서 수천에 달하는 용들이 하늘로 비상했다.

용들 중 가장 크기가 커다란 용이 하늘로 치솟다가 지온의 주위를 맴돌기 시작했다.

"드래곤 로드인가?"

용들은 아무런 말없이 지온을 바라보았다. 아무 말도 없었지만 왠지 그들이 하고자 하는 말을 이해할 수 있었다. 자신들의 목숨을 바쳐 만든 용의 흉터를 제대로 완성해 주기를 바라고 있었다.

지온이 고개를 끄덕이자 주변의 모든 것들이 일그러졌다. 융합되지 않고 따로 존재하던 두 대마수의 모든 것들이 지온의 영혼과 온전한 하나를 이루기 시작했다.

지온은 하늘에서부터 부서져 내리는 용들을 바라보았다. 흐릿하게 존재했던 그들의 의지가 지온에게 온전히 닿을 수 있었다.

그들은 타나토스의 영원한 소멸을 바라고 있었다. 마지막 남은 자신들의 의지로 지온의 몸에 새겨진 깊은 상처를 치료하고 날뛰는 에너지를 안정적으로 마력화했다. 그리고 마수와 용의 인자가 지온의 육체를 재구성했다.

가장 우수한 것들로 재구축된 지온의 육체는 이제는 더 이상 인간이라 부를 수 없었다. 절대자의 육체라 불러도 과언이 아니었다.

지온은 천천히 눈을 떴다. 살짝 길어져 어깨에 닿은 자신의 푸른 빛깔의 머리카락이 눈에 닿았다. 생김새 자체는 크게 변하지 않았지만 좀 더 성숙해졌다.

"괘, 괜찮으십니까?"

스미스 요원이 머리에 피를 흘리며 힘겹게 물었다. 주변은 온통 난장판이었다. 기계들은 모두 터져버렸고 어떤 것들은 화염에 휩싸여 있었다. 부상자들이 있는지 한쪽에서는 붕대를 감아주고 있었다.

지온의 육체가 재구성되는 순간 일어난 충격 때문이었다. 물론 그전에 무리하게 주입한 에너지의 폭발이 있었기는 했다.

"좋군."

지온은 주먹을 쥐어보았다. 스파크가 일어나며 막대한 마력이 넘실거렸다. 지온은 몸을 일으켰다. 옷이 박살 나며 떨어져 내렸고 그 위에 갑옷이 생겨났다.

검푸른 빛을 내는 갑옷은 범접할 수 없는 기운을 내뿜고 있었다. 지온은 눈을 감으며 타나토스의 불길한 마력을 쫓았다. 깊고 어두운 마력이 지온의 감각에 걸려들었다.

주위의 모든 사람은 신성하게까지 느껴지는 지온의 모습에 아무런 말도 할 수 없었다. 그저 그 재앙을 처치해 주길 간절히 바라고 있을 뿐이었다.

지온의 눈이 떠졌다.

[텔레포트]

막대한 마력이 응집되더니 지온의 몸이 그 자리에서 사라졌다.

지온이 나타난 것은 타나토스의 바로 위였다. 지온은 신성의 육체에 타나토스가 달라붙었음을 알고 표정이 굳어졌다.

폭주하기 시작한 타나토스의 마력이 느껴졌다. 지온은 그대로 몸을 회전시키며 타나토스의 머리를 강하게 발로 차버렸다.

콰앙!

아스팔트 바닥을 가르며 그대로 바닥에 박혀버렸다. 지온은 타나토스에게 손을 뻗어 그의 목을 쥐었다. 그리고 한 손으로 그의 얼굴을 잡았다. 있는 힘껏 강하게 휘둘렀다.

콰앙!

바닥에 박히며 대지가 갈라졌다. 정면에 있던 건물이 그대로 주저앉았다. 타나토스는 건물을 엄청난 힘으로 들어 올려 지온에게 던졌다.

지온은 가만히 서서 그것을 바라보고 있다가 검을 휘둘렀다. 공간이 갈라지며 건물 자체가 공간 속으로 사라졌다. 어떠한 소리도 내지 않고 건물을 없애버린 것이다.

타나토스의 앞에 나타난 지온은 빠르게 그를 베었다. 타나토스의 막대한 마력이 몸을 보호해 완전히 벨 수가 없었다.

베어진 살이 순식간에 재생되었다. 타나토스는 거대한 손을 들어 지온을 후려쳤다. 지온은 힘을 주어 검으로 주먹을 막고 몸을 돌리며 검으로 타나토스의 머리를 아래로 내리찍었다.

쿠웅!

육중한 소리와 함께 타나토스가 바닥에 꽂혔다. 주변에 무수한 균열이 생기고 파편들이 튀어 올랐다.

"크흐, 크하하하!"

타나토스가 바닥에 꽂힌 채 미친 듯이 웃기 시작했다. 지온이 이상함을 감지한 것은 그때였다.

그 강대한 정신력을 감당했던 타나토스에게서 이성을 찾아볼 수가 없었다.

푸우우!

신성의 육체는 폭주의 에너지를 이기지 못하고 부풀어 오르기 시작했다. 그와 동시에 마력은 점차 불안정해졌다. 타나토스는 폭주하는 마력에 휩싸여 그 영혼이 부서져 내리고 있었다. 자신의 힘을 견디지 못하고 자멸하고 있는 것이다.

"약해진 네놈이 감당할 수 있는 것이 아니겠지."

지온은 점차 거대해지는 타나토스를 노려보았다.

"지온!"

"지온님!"

이브와 에멜리아가 지온에게 다가왔다. 지온은 살짝 그녀들을 바라보다가 다시 타나토스에게 시선을 고정하며 입을 떼었다.

"걱정을 끼쳤어."

"무사하시니 다행입니다."

살짝 물기를 머금은 에멜리아의 목소리였다. 이브는 작게 안도의 한숨을 쉬며 쓰러져 있는 세연을 손으로 들었다. 그리고 뒤로 물러났다.

"지온, 저것이 폭주하면 지구가 반쯤 날아갈 거다."

"알고 있어. 내가 어떻게든 처리할 수밖에."

지온은 그렇게 말하며 5미터가 넘게 부푼 육체를 바라보았다. 거대한 근육이 온몸에 가득했고 오직 분노만이 가득한 붉은 눈으로 지온을 노려보았다.

"크아아아아아!!"

간단한 외침이 주위의 자동차를 공중으로 날려버렸다. 에멜리아와 이브가 휘청하며 뒤로 크게 날아갔다. 지온은 검을 생성시키며 타나토스의 앞에 섰다.

"2차전이군."

타나토스의 이성은 이미 존재하지 않았다. 본능적으로 지온을 최대의 적으로 규정하고 몸부림칠 뿐이었다. 바닥을 뜯어 던진다. 그 행위만으로도 벌써 여러 건물이 바닥에 주저앉았다.

지온은 자신에게 던져오는 바닥을 검으로 베어 없애버렸다. 타나토스는 손에 잡히는 무엇이든 닥치는 대로 지온에게 던졌다. 지온은 천천히 걸으며 간단히 검으로 베어버릴 뿐이었다.

지온이 타나토스의 앞까지 오자 타나토스는 두 손을 모아 지온에게 휘둘렀다.

콰앙!

하지만 허망하게도 타나토스의 공격은 바닥을 가를 뿐이었다. 옆에서 나타난 지온이 타나토스의 옆구리를 크게 베었다. 타나토스는 반발력에 튕겨져 나갔다. 거대한 육체가 공중에 띄워지며 날아가 반쯤 부서진 빌딩에 처박혔다.

지온은 빌딩을 바라보다가 빠르게 검을 치켜들어 방어 자세를 취했다.

그르르르!

빌딩의 주변의 기후가 바뀌었다. 먹구름이 끼더니 벼락이 치고 운석들이 떨어져 내리기 시작했다.

샤아아아아!

빌딩이 소멸하며 뿜어져 나온 것은 거대한 절망의 숨결이었다. 공기를 타락시키며 뿜어져 온 절망의 숨결이 지온의 검에 부딪혔다.

바닥이 파이며 지면의 모든 것들이 하늘로 치솟았다. 상상하지 못할 충격에 공간이 어긋나며 중력이 반작용하고 있는 것이다.

공간이 일그러지며 나타난 소형 블랙홀이 주변을 휩쓸었다. 지온은 검을 아래로 내렸다가 빠르게 위로 쳐올리며 소형 블랙홀을 베었다.

콰아아앙!!

핵폭발이라도 일어난 것처럼 빛이 번쩍이더니 그동안 흡수한 모든 것을 토해냈다. 주변 일대가 날아가며 평지로 변해버렸다.

"카아아악!"

타나토스는 순식간에 지온의 앞에 나타나 주먹을 휘둘렀다. 검으로 막기는 했지만 몸이 휘청거리며 밀려났다.

"크아아아!"

타나토스의 공격이 이어졌다. 어마어마한 빠르기의 연타가 지온의 몸에 박히며 지면을 들쑤셨다. 지온은 튕겨져 나가는 와중에 검을 비틀어 타나토스의 손목을 베었다.

푸숙!

손목에 바닥에 떨어지자 타나토스의 몸이 멈췄다.

"쿠에에엑!"

갑작스럽게 피를 토하며 몸부림치기 시작했다. 그동안 입은 상처가 재생되는가 싶더니 점차 더욱 부풀어 오르고 있었다. 데미지를 받을수록 점점 더 크게 부풀기 시작했다.

"큰일이군."

타나토스의 육체, 그러니까 원래 신성의 육체는 이미 한계에 달해 있었다. 지오프의 영혼을 감당하지 못해 기이하게 변형된 신체가 타나토스의 마력이 들어오자 급격히 팽창하며 폭발의 징조를 나타내고 있는 것이다.

저 육체는 시한폭탄이나 다름없었다. 오직 다른 점이 있다면 그 폭탄의 강도였다. 저것이 폭발한다면 지구의 절반 이상이 위태로운 것은 결코 거짓말이 아니었다.

타나토스가 본래 바랐던 지구의 멸망과는 다른 루트로 치닫고 있었다.

그것은 공멸이었다.

"심각하군."

지온은 온 마력을 집중시키며 입을 떼었다.

[멈춰라!]

어마어마한 마력이 뿜어져 나가며 타나토스의 몸을 억제

하기 시작했다. 한동안 억제되는가 싶더니 유리가 깨지는 소리와 함께 다시금 부풀어 올랐다.

이미 용언으로도 어찌할 수 없을 정도였다. 지온은 단숨에 베어버릴까 하다가 그것도 그만두었다. 자칫했다가는 폭발을 앞당길 수도 있었기 때문이다.

"젠장!"

무언가 방법을 생각해야 했다. 폭발은 이미 예정되어 있었다. 지온이 해야 할 일은 그 폭발을 막는 것이 아니라 발생할 피해를 막는 것이었다.

지온은 거대해진 타나토스를 바라보다가 문득 하늘을 바라보았다. 석양이 저물고 달이 보일만 한 밤이 되고 있었다.

지온의 뇌리에 용들이 날아오르는 장관이 떠올랐다.

'지구 밖에서 폭파시킨다면?'

지금 자신의 몸은 최상의 컨디션이었다. 대기권 밖에서 얼마나 버틸 수 있을지는 모르지만 전력을 다한다면 타나토스를 데리고 지구 밖으로 나갈 수 있을 것이다.

단지 걱정되는 것은 지구로의 귀환이었다. 우주 공간에서는 마력의 회복이 전혀 없었고 오히려 텅 빈 우주 공간을 향해 빨려 들어갈 것이 예상되었다.

'어쩔 수 없군.'

타나토스는 자신이 책임져야 했다. 지금껏 희생된 지구인들의 목숨을 책임지지는 못하더라도 더 이상의 피해만은 어떻게든 막아야 했다.

지온은 결심을 굳히고 타나토스의 앞으로 이동했다.

"지온! 너……!"

이브가 지온을 불렀다. 지온은 이브와 에멜리아에게 잠깐 시선을 주었다가 그대로 타나토스를 두 손으로 잡았다. 그리고 단숨에 마력을 뿜으며 입을 떼었다.

[날아올라라!]

지온의 육체가 중력을 거스르며 하늘로 치솟았다. 물론 거대한 타나토스의 육체 역시 지온의 손에 들려 오르고 있었다. 타나토스는 반항하려고 했지만 몸을 꿈틀거리는 것이 다였다. 이미 팔다리가 몸통에 흡수되어 둥그런 공 모양이 되었기 때문이다.

"크윽!"

하늘로 치솟는다.

[가속! 가속!]

점차 가속도가 붙으며 타나토스와 지온의 몸 주위로 붉은 화염이 치솟았다. 구름을 가르고 하늘을 가르며 지온은 그렇게 지구 위로 날아올랐다. 창공이 사라지고 어두운 우주공간이 지온의 눈 안에 들어왔다. 아래를 내려다보자 푸른 지구의 모습이 보였다.

'교과서에서나 보던 모습이군.'

숨이 막혀왔지만 나쁜 기분은 아니었다. 마력이 급속도로 소모되며 갑옷이 부서져 내리기 시작했다. 마치 지구의 보호를 받지 못하는 나약한 생명체를 능욕하는 느낌이었다.

'타나토스도 나도 결국 조그마한 존재일 뿐이야.'

세계 창조니 뭐니 떠들어대도 이런 고독한 우주에서는 아무것도 아닌 존재일 뿐이었다. 지온은 우주 공간으로 진입하고도 속도를 늦추지 않았다. 더욱 빨라지며 자신이 견디지 못하는 속도까지 이르렀다.

지온은 지구와 상당히 멀어지자 타나토스를 있는 힘껏 밀었다. 타나토스가 튕겨져 나가며 달 근처를 지날 때쯤이었다.

푸웅!

폭발이 일었다. 빛이 번쩍이며 달 근처에서 어마어마한 폭발이 생겼다.

'끝난 건가? 놈이 드디어 죽은 건가?'

지온은 해방감을 느꼈다. 모든 일이 끝났음을 알자 몸에 힘이 쭉 빠졌다. 지온의 눈동자가 흐려졌다.

지온의 마력이 급속도로 소실되어 좀처럼 움직일 수 없었다. 지온은 다가오는 충격파를 멍한 눈으로 바라보았다.

화아아아악!

어둡고도 밝은 빛이 지온의 몸을 감쌌다. 갑옷이 타들어 가며 지온의 몸이 뒤로 튕겨져 나갔다. 지온은 달의 표면이 일그러진 것이 보였다. 달과 떨어진 곳에서 폭발했지만 그 충격이 달의 표면에 큰 상처를 남길 만큼 대단했던 것이다. 달의 일부에 검은빛으로 물든 구덩이가 새겨졌다.

아득해지는 정신을 간신히 부여잡으며 몸에 남아 있는 마력을 돌렸다. 폭발의 충격 때문에 튕겨져나간 지온의 몸은 지구로 향해 빠른 속도로 뻗어 가고 있었다.

지온의 눈에 흰빛무리가 보였다. 타나토스의 어둠이 사라지고 뿜어져 나온 빛이었다.

지온은 떨리는 손을 뻗었다. 지온의 손에 닿자마자 그것은 투명한 보석이 되어 지온의 손에 들려졌다.

'나의 영혼이군.'

신성의 육체와 함께 타나토스가 붕괴하여 소멸하였지만 그의 영혼은 온전했다. 용의 흉터가 위급한 상황에서 모든 힘을 발휘해 그의 영혼을 지킨 것이다. 물론 타격이 갔기에 지온의 조정을 거쳐야만 했다.

'물론 내가 살아 있다면……'

지온은 이를 악물고 버텼다. 우주 공간에서 맛보는 고독은 그야말로 지온을 두려움에 빠지게 할 만큼 대단했다. 지온은 무너지는 정신을 다잡으며 버티는 수밖에 없었다.

지온의 몸은 너무나도 빠른 속도로 지구 쪽으로 빨려 들어가기 시작했다. 대기권에 닿는 순간 화염에 휩싸였다. 지온은 운석처럼 대기권을 가르며 지구의 지면을 향해 나아갔다.

'크윽!'

지온은 멀어져가는 의식을 붙잡았다. 지구에 들어온 순간

부터 마력이 조금씩이나마 회복되기 시작해 부서져 내리는 갑옷의 일부를 재생시킬 수 있었다.

'이대로 지면에 떨어졌다가는……'

다행스럽게 폭발의 충격파 때문에 지구로 다시 어떻게든 도달한 것은 좋았다. 충격에 잘못 휩쓸려 우주 미아가 되었다면 그대로 죽어버렸을 것이다.

지금의 상황은 그것보다는 좋았지만 어쨌든 최악이라 부를 수 있었다.

부우웅!

지온의 손에 들린 영혼의 보석이 빛을 뿜어내며 지온의 마력을 일부 회복시켜주었다. 애초부터 같은 영혼이었기에 부작용은 없었다.

'이 정도라면……'

지온은 몸을 웅크리며 최대한 몸을 보호했다. 화염에 휩싸이며 떨어져 내리는 지온의 몸은 아름다운 궤적을 그렸다. 지온이 떨어져 내리는 곳은 바다였다.

화염과 함께 지온의 몸이 수면에 닿았다.

콰아아아아아앙!

그 순간 물보라가 치솟고 주위에 충격이 퍼져갔다. 육체가 부서지는 듯한 고통과 함께 지온은 정신을 잃었다. 지온은 깊은 바다 깊은 곳으로 가라앉기 시작했다.

온몸에 힘이 빠져 도저히 움직일 수 없었다. 목숨이 붙어 있는 것이 기적이었다.

'죽는 걸까?'

죽음을 예감했지만 왜인지 기분이 편안해졌다. 푸른 바다
에 잠겨 멀어져 가는 태양 빛을 바라보고 있으니 서서히 잠이
오는 것을 느꼈다.

지온의 흐릿한 시야에 자신을 향해 손을 뻗어오는 두 여인
이 보였다. 지온은 간신히 올린 손에 온기가 닿는 순간 의식
이 사라졌다.

*   *   *

타나토스의 사태가 있고 나서 세계의 모습은 크게 달라졌
다. 아직 남아 있는 몬스터들은 여전히 인류의 위협이 되었고
그런 몬스터를 처리하기 위해 국제 연합기구까지 생길 지경
이었다.

타나토스는 사라졌지만 아직 지구의 대기에 녹아 있는 그
의 마력은 지구에 막대한 영향을 끼쳤다. 기형적으로 변한 동
식물들이 존재했고 몬스터들은 비과학적인 힘으로 지구의 과
학기술과 대항했다. 그래도 빠르게 혼란이 수습된 것은 이브
의 공헌이 크다고 말할 수 있었다. 한정된 수량이긴 하지만
이브가 만든 아티팩트는 사용자에게 마법적인 힘을 부여해
주었다. 덕분에 총탄이 통하지 않는 몬스터들은 아티팩트 사

용자들이 직접 처리했다.

타나토스 사태의 중심지였던 한국과 타나토스 사태의 최대 피해자인 미국은 기술적인 협약을 맺고 마도과학이라 불리는 마법과 과학의 합성을 전문적으로 연구하기 시작했다.

각국 정부는 타나토스의 재앙을 막은 지온을 지구 차원의 영웅으로 인정하고 파격적인 대우를 약속했다. 지온의 무력에 대해 경계심을 갖으면서도 그를 위협할 수 없는 것이 지온의 무력은 이미 지구 차원에서 제어할 수 있는 것이 아님을 알고 있었기 때문이다.

타나토스의 재앙이 끝난 날 달 표면에 생긴 검은 흉터는 지구에서 육안으로도 확실히 보였다.

누가 달에 저런 상처를 입힐 수 있단 말인가. 상처를 입힌 것은 지온이 아니었지만 소문이 와전되어 달에서 지구의 존망을 두고 싸웠다는 일화로 미화되었다. 덕분에 영화로도 제작되고 있었고 최근에는 지온을 모델로 한 만화책까지 나올 지경이었다.

상황에 어울리지 않게 전 세계에 팬들이 꾸준하게 증가하고 있었다.

"음……."

지온은 태블릿PC를 만지다가 피식 웃어버렸다. 지온이 정신을 차린 것은 바다와 충돌한 지 삼일 정도 지난 후였다. 바다에 잠겨 익사를 할 뻔한 것을 다행히도 이브와 에멜리아가 같이 텔레포트를 해 와서 구해주었고 전신에 있는 상처는 단계적으로 회복 마법을 걸어 회복 중이었다. 온몸의 뼈가 박살나고 장기가 파열되는, 일반인이면 당장 죽어도 이상하지 않을 정도의 상처를 입었지만 지온은 살아남을 수 있었다. 이브의 탁월한 회복 마법으로 지금은 거의 모든 상처가 나았다고 말할 수 있었다.

하지만 아직 퇴원을 하지 않은 것은 에멜리아의 강압이 있었기 때문이었다. 반죽음 상태의 지온을 본 에멜리아는 거의 실신에 가까운 충격을 받고 지온의 곁에서 떠나지 않았다.

"지온님, 먹여드리겠습니다."

"아니, 내가 직접……."

"네? 뭐라고 하셨죠?"

"아, 응."

몇 번이고 에멜리아의 마음을 고생시킨 지온은 묵묵히 따를 수밖에 없었다. 이브는 꼴좋다는 듯 바라만 보고 있었고 어떨 때는 은근히 놀리기까지 했다.

지은 죄가 많은 지온으로서는 말대꾸조차 하지 못하고 입을 다물어야만 했다. 내색은 안 했지만 이브는 지온을 걱정하며 곁에서 그를 간호했다. 지온은 물기를 머금은 이브의 눈동자가 생각나자 마음이 따뜻해짐을 느꼈다.

"그나저나 이 정도로 유명해져도 되는 건가?"

지온은 최고급 대우를 받으며 입원해 있었다. 호텔을 방불

케 하는 일인실은 부담스러울 정도였다. 가끔 병문안을 오는 것은 정치계의 거물 인사들과 기업 총수들이 대부분이었다. 대한민국의 대통령이 다녀가기도 했기에 지온은 이제 누가 오더라도 놀라지 않을 수 있었다.

"당연하다. 지온 너는 지금 우주의 평화를 위해서 온 팬타리온 행성의 왕자로 설정되어 있다."

"뭐야? 그 괴상한 설정은."

"미국 정부는 팬타리온 행성과 동맹을 검토하고 있더군. 이미 팬타리온 행성의 존재는 사실이 되었다."

모든 것이 이브가 흘린 정보 때문이었다. 덕분에 지온은 외계 행성의 대표 지위에 지구를 구한 영웅이라는 엄청난 타이틀을 달고 있었다. 일국의 대통령이 와도 함부로 하지 못하는 인물이라는 것이었다. 게다가 지온의 무력은 나라 하나쯤은 가볍게 없앨 수 있는 정도였기 때문에 군사 강국이건 선진국이건 지온의 비위를 맞춰야 했다.

지온이 변심해서 지구를 정복하고자 한다면 그들로서는 막을 수가 없었다.

"참고로 나는 팬타리온 행성의 고위 종족으로, 드래곤 프린세스라 불리고 있다."

"켁, 뭐야 그 유치한 호칭은?"

"저는 지온님과 검 밖에 모르는 여기사로 설정되어 있더군요."

지온은 눈을 깜빡이다가 작게 한숨을 내쉬었다. 최근 이브가 만화나 소설에까지 손을 대더니 이런 설정을 즐기는 눈치였다.

"최근 연재되는 만화는 마음에 들더군."

화제가 되고 있는 모양이었다. 지온은 인터넷에 모두 자신이나 타나토스에 관련된 이야기밖에 없는 것을 알고 있었다. 그만큼 어마어마한 화제가 되고 있다는 말이었다.

'하긴 나라도 충격을 먹었겠지.'

갑작스럽게 외계인의 침공이 있었고, 그것을 막은 것이 외계 행성의 왕자라니 말이다. 게다가 지구인과 다르지 않은 외형, 아니 무지막지하게 아름다운 모습이니 사람들이 열광하는 것은 당연했다.

이브가 세계 평화, 더 나아가 우주 평화를 위해 왔다고 발언하는 바람에 지금 지온은 만화나 영화 속 슈퍼맨과도 같은 입장이 되었다. 아티팩트 사용자들도 지온을 동경하며 영웅이 되기 위한 각고한 수행을 하고 있다는 소리도 들려왔다.

"타나토스의 마력 잔재로 인해 생겨난 고위 몬스터들을 제거하려면 아티팩트 사용자는 필수적이다. 특별히 영웅의 문이라는 것을 설치해서 양성 중이지."

"영웅의 문?"

"그래. 영웅은 엄청난 시련을 통해서만이 비로소 그 빛을 발하는 법이다. 그렇기 때문에 나는 죽지도 살지도 못하는 공간을 만들어 그들을 고생시키고 있다. 흠, 마왕이라도 나타나야 구도가 맞기는 한데 어쩔 수 없지."

지온은 이브를 이해하는 것을 포기했다. 지온은 저쪽 세계보다 지구가 마음에 든 눈치고 에멜리아 역시 마찬가지였다.

"그건 그렇고 마지막 할 일이 있을 텐데?"

이브가 말을 꺼내자 지온은 고개를 끄덕이며 품속에 있는 투명한 보석을 꺼냈다. 지온은 이 영혼의 보석과의 교류를 통해 영혼을 안정시키는데 최선을 다했다. 크나큰 충격을 받은 신성이 폭주하려는 기미를 보여 그의 기억을 조작해 더러움 없는 순수한 상태로 만들었다.

"타나토스의 조각은 하나밖에 없다."

"알고 있어."

단 한 번 차원 게이트를 열 수 있었다. 하지만 지온이 해야 하는 일은 여는 것만으로는 부족했다. 결국 지온과 이브, 에멜리아는 지구에 남을 수밖에 없었다.

"나는 이곳이 흥미로우니 괜찮다."

"전 지온님이 있는 곳이라면 어디든 괜찮습니다."

이브와 에멜리아의 말에 지온은 고개를 끄덕였다. 그녀들에게 미안한 마음은 있었지만 새로운 희망을 보내지 않으면 안 되었다.

"지온, 차원 게이트를 여는 것은 내 연구실에서 해도 괜찮겠지?"

"음, 어디든 상관없어. 차원 게이트를 연구하려고?"

"차원이라는 건 나 역시 모르는 미지의 영역이니 말이다."

지온은 고개를 끄덕였다. 이브가 연구한다면 어쩌면 미래에 차원 게이트를 자체적으로 열 수 있을지도 몰랐다.

"이제 슬슬 퇴원해볼까?"

"그럼 본격적으로 스케줄 관리를 하겠습니다. 이제 상당히 바쁠 겁니다."

"응?"

"일단 평화의 날 제정식에 지온님께서 연설을 하셔야 합니다. 대부분의 국가 수장들이 모이는 자리이니만큼 멋진 모습을 보여주셔야 할 것 같습니다. 그 후 저녁 만찬은……."

에멜리아는 어디서 났는지 알이 없는 안경을 쓰며 매니저 모드로 들어가 있었다. 이브는 만족스러운 듯 에멜리아를 바라보며 고개를 끄덕였다.

"당분간 바쁘겠군, 지온."

이브는 고소하다는 듯 지온을 바라보며 웃었다.

"아니, 내가 그런 걸 왜 해야 하는데?"

"지구인들에게 평화를 원한다는 것을 확실하게 보여줘서 불안감을 잠재울 필요가 있습니다. 앞으로 우리가 살아가야 하는 곳이기 때문입니다."

에멜리아가 지온의 말에 답했다.

"그건 그런데……."

지온은 에멜리아가 보여주는 스케줄 표에 식은땀을 흘렸다. 빡빡한 스케줄은 지온에게 있어서 또 다른 공포로 다가왔다. 정체를 드러낸 이상 피곤할 것은 생각하고 있었지만 이정도 일지는 모르고 있던 지온이었다.

"후, 할 수 없지."

"확실히 곁에서 보좌해 드리겠습니다."

"잘 부탁해."

에멜리아 기쁜 듯이 웃자 지온은 그녀를 보며 미소 지을 수밖에 없었다.

*　　　*　　　*

지온은 한동안 정신없이 스케줄을 소화해야 했다. 그 결과 이브의 설정이었던 팬타리온 행성에 대한 지구인의 시선이 상당히 우호적으로 변했다. 반감을 피하기 위해 타나토스를 행성을 먹어치우는 대행성급 괴수로 설정한 이브의 공헌이 크다고 할 수 있었다. 지온은 타나토스를 쫓아 지구에 왔고 이 푸른 별 지구와 사랑에 빠져 온몸을 다 바쳐가며 지구를 구한 것이 되었다.

지온은 그야말로 완벽한 히어로가 되었다.

덕분에 지온에 대한 각종 업무를 담당하는 120층을 빌딩에는 세계 각국에서 보내온 팬타리온 행성과의 평화를 바란다는 친서가 쌓여 있었고 늘 거물급 인사의 방문이 끊이지 않았다. 최근에 대사관도 설립되어 업무가 시작되고 있었다. 외계 행성의 대사관이라니 웃기지도 않은 일이지만 다들 너무나 진지해 지온은 할 말을 잃어버렸다.

이브는 마법을 이용해 적당히 팬타리온 행성을 꾸며서 보여주었고 지구인들은 그것을 그대로 믿을 수밖에 없었다. 지온도 모르고 봤더라면 깜빡 속아 넘어갈 정도였으니 말이다. 압도적으로 아름다운 팬타리온의 모습은 정말이지 대단했다. 우주를 수놓는 거대한 함선들과 아름다운 성들은 환영마법의 극치였다. 이브는 여러 만화나 영화 그리고 소설을 참고하여 만들었다고 했지만 그런 것치고는 너무나도 사실 같았다.

빔 샤벨 따위를 들고 설치는 사람 모양의 로봇이 안 나온 것을 다행으로 생각한 지온이었다.

"오늘인가?"

지온은 손에 들린 영혼의 보석을 보며 그렇게 말했다. 이브의 연구실에 차원 게이트 연구를 위한 설비가 완성된 날이 바로 오늘이었다. 일찍 보내든 늦게 보내든 이곳의 시간은 저쪽 세계의 시간과는 상관없었기에 서두를 필요는 없었다.

"지온님, 이브의 연구실로 가실 겁니까?"

"그래, 오늘 마무리해야지."

지온이 푹신한 의자에서 일어나 손을 뻗자 에멜리아가 부드러운 미소를 지으며 지온의 손을 잡았다. 지온은 팬타리온이라고 쓰여 있는 빌딩을 나왔다. 빌딩 앞에는 수많은 사람이 쓴 평화의 메시지가 나열되어 있었다. 지온의 모습을 한 장이라도 더 찍기 위해 기자들은 늘 진을 치고 있었고 팬들 역시 가득 자리 잡았다.

지온은 고급스러운 승용차에 올랐다. 운전기사는 아티팩트를 소유한 고위 요원이었다.

"연구실로."

"예, 모시겠습니다."

공손한 어투로 대답한 요원은 부드럽게 차를 몰았다. 이브의 연구실은 제법 커다랬다. 연구비도 여기저기서 마구 지원해 주니 모든 것이 최신 설비였다.

지온은 간단한 절차를 통과하고 통제구역에 들어왔다. 몇 단계 까다로운 절차를 거치고 나서야 연구소의 핵심 시설에 도착할 수 있었다.

"왔나?"

눈을 반짝이며 지온을 바라보는 연구원들과 함께 이브가 지온을 맞이했다. 이들 모두는 이브가 특별히 선별하여 고른 믿을만한 천재들이었다.

지온이 도착하자 분주하게 기계를 기동시켰다. 스크린에 여러 그래프가 떠올랐고 알 수 없는 수치들이 계속해서 변화했다.

"그럼 빨리 끝내볼까?"

연구실 중앙에는 여러 기계 장치들이 즐비해 있었고 가장 중심엔 빈 공간이 있었다. 이브와 연구진들은 눈을 보호할 수 있는 안경까지 쓰며 중앙에 선 지온을 바라보았다. 이브의 눈은 학구열에 불타고 있었고 그것은 연구원들도 마찬가지였다.

'많이 변했군.'

지구에 오면서 이브는 많이 변했다. 과거엔 타나토스에게 묶여 있어서 인간이 되었어도 인간다운 면을 보이지 않았지만 지금은 달랐다. 모든 것을 새로 출발한다는 느낌이 강했다. 자신의 욕구를 드러내는 모습이 지온은 보기 좋다고 생각했다.

'이브와 난 계속 같이 존재할 테니……'

자신의 수명은 분명 예측할 수 없을 정도로 길 것 같았다. 두 대마수의 수명을 그대로 받았고 만년을 산다고 알려진 드래곤들, 그것도 수천에 이르는 드래곤의 영혼을 이은 존재가 바로 지온이었다.

위대한 인간의 황제는 완전히 각성하지 못해 인간의 수명을 누리다 죽었지만 지온은 달랐다. 모든 것이 온전히 지온의 것이 되었다.

'긴 세월이겠지.'

그녀와 자신은 어쩌면 지구가 멸망할 때까지 존재해야 할

지도 몰랐다. 그러한 긴 세월 동안 지온은 계속 성장할 것이다. 아마 나중에는 타나토스를 넘어서는 권능조차 발현해낼 수 있을 것이다. 그때가 되면 지온은 저쪽 세계로 넘어갈 생각이 있었다.

에멜리아도 정신과 육체의 단련을 통해 인간을 서서히 벗어나고 있었다. 지온은 꾸준히 그녀를 지도할 예정이니 그녀 역시 긴 수명을 지니게 될 것이 틀림없었다.

지온은 잡념을 떨쳐버리고 영혼의 보석을 쥐었다.

"지온님, 부탁하신 물건입니다."

"역시……."

지온은 에멜리아에게 간단한 등산용품을 챙겨서 가져오라고 말했다. 신성의 영혼에 타격을 받아 부서진 것을 잘라내고 타나토스의 물든 것을 정화하며 기억 조작을 했다. 전 과정은 지온과 이브가 몇 날 며칠을 새서 행한 것이기 때문에 완벽했다. 손상된 영혼은 지온이 보충했고 기억 조작은 이브가 행했다.

제법 많은 공백의 기억을 대체하기 위해서였다. 그리고 타나토스에 대해 기억하고 있으면 봉인이 빠르게 깨질 위험이 있었다. 게다가 지오프의 기억과 충돌해 폐인이 될 수도 있으니 기억의 대부분을 전체적으로 만져야만 했다.

마침 그때 이브가 TV에서 등산에 대한 이야기가 나오고 있었기에 이브는 별 생각 없이 등산을 가다가 정신을 잃은 것으로 조작해버린 것이다.

그때 어이없는 웃음을 흘린 지온은 에멜리아에게 등산용품을 챙겨줄 것을 부탁했다. 자신의 목숨을 몇 번이고 살려준 것들이 생각났기 때문이다.

에멜리아가 건넨 용품들을 보자 지온은 감탄을 흘릴 수밖에 없던 것이다. 무리하다 싶을 정도로 쌓인 박스 위에 가방과 등산복이 보였다.

"저 박스 안에 텐트를 비롯한 각종 설비를 챙겨두었습니다."

"모두 이동될까?"

"반반이다. 실패한다면 그쪽에 닿는다고 해도 재가 되어버리겠지. 지온, 네 의지력으로 차원 게이트 안을 무사히 통과시키는 것이 관건이다."

지온은 간단히 고개를 끄덕이고 다른 한 손에 타나토스의 권능이 담긴 조각을 들었다.

"시작한다."

지온이 마력을 흘리자 타나토스의 조각이 빛을 내기 시작했다. 지온은 용의 흉터를 조작해 타나토스의 권능을 의지대로 조정하기 시작했다.

"수, 수치가 계속 상승합니다!"

"이, 이럴 수가!"

연구원들은 놀란 표정으로 펼쳐지는 광경을 바라보았다.

이브 역시 흥미롭다는 표정이었다.

황금빛으로 주위가 물들고 공간이 일그러지기 시작했다.

파지지지직!

스파크가 튀기며 검은 점이 생겼다. 그 검은 점은 점차 커지더니 지온의 키만큼 벌려졌다. 검은 공간의 안에 화려한 우주 공간이 펼쳐졌다. 그 안에는 여러 은하계가 존재했다. 차원의 틈이 갈라지고 공간이 접히며 게이트가 완성되었다.

여러 박스와 등산복, 가방이 황금빛에 둘러싸여 게이트 안으로 사라졌다. 지온은 박살 나기 시작한 타나토스의 권능을 바라보다가 영혼의 보석을 그대로 게이트에 흘려보냈다.

파아아앗!

영혼의 보석이 게이트로 들어가는 순간 밝은빛무리와 함께 게이트가 닫혔다.

"끝이군요."

에멜리아가 지온의 손을 잡으며 그렇게 말했다. 지온은 깊게 숨을 내쉬며 편안한 표정을 지었다. 해야 할 모든 것이 끝난 것이다.

해방감에 지온은 환한 미소를 지을 수 있었다. 그러고 보면 참으로 정신없이 달려왔다. 던전에서 깨어나 좋은 사람들을 만나고 전쟁에 휘말렸고 음모에 빠졌으며 타나토스와 대면했다. 이길 수 없을 것 같았던 그를 이기고 지구를 간신히 지켜냈으며 신성의 영혼을 저쪽 세계로 보냈다.

지온은 자신이 겪은 것들이 정해져 있던 것들은 아닐 거라 생각했다. 자신이 알던 것과 차이가 있었고 어쩌면 다른 지구에 나타날 지온은 타나토스와의 대결에서 질 수도 있었다.

자신을 보내준 지온은 자신과 같은 과정을 겪었다고 장담할 수는 없었다.

"힘내라, 또 다른 지온."

지온은 그렇게 말하며 피식 웃었다.

"돌아가자."

"예."

"연구할 것들이 있지만 오늘은 그냥 퇴근해야겠군."

지온의 마음을 느껴서인지 이브는 돌아가는 지온의 옆에 섰다. 지온은 에멜리아와 이브를 번갈아 쳐다보다가 피식 웃고는 조금 앞장서서 걸었다.

이제 발을 쭉 뻗고 잘 수 있겠다는 생각에 지온의 마음이 가벼워졌다.

파치치치직!

어두운 공간이 갈라진다. 밝은 빛무리와 함께 투명한 보석이 생겨났다. 여러 상자와 등산복, 그리고 가방이 역시 바닥에 떨어졌다. 나타난 물건들은 모두 이질적인 힘을 지니고 있었다.

휘이이익!

투명한 보석은 공중을 날아다니다가 시체처럼 누워 있는 푸른 머리 소년의 머리에 닿았다. 딱딱했던 표면이 녹아 사라지고 빛이 터져나가며 소년의 몸을 감쌌다.

잠시 후 알몸의 소년에게 다가오는 무리가 있었다. 서로 무언가 이야기 할 때쯤 소년이 깨어났다.

"으, 으윽!"

"정신이 드나?"

소년은 신음성을 흘리며 눈을 뜨고는 주위를 바라보았다. 혼란스러운 표정을 수습하지 못하고 멍청하게 있다가 검은 상자 위에 올려진 등산복을 입었다.

"자네의 이름은?"

"…지온? 그, 그냥 지온이라 불러주세요."

"근데 저거 다 자네 것인가?"

존재감을 과시하는 여러 상자에 손을 가리키자 지온이라 자신을 소개한 소년은 눈을 깜빡였다. 살짝 이해가 안 된다는 표정을 짓다가 얼떨결에 고개를 끄덕였다.

"캠핑 도구로 보이는데, 음…… 아무튼 우리를 따라오도록 하게."

"아, 감사합니다."

멍한 표정을 짓고 있던 지온은 두려움이 담긴 눈으로 주위를 바라보았다. 그러다 무언가 결심한 듯 가방을 메고 어둠 속으로 한 걸음 내디뎠다.

시간이 흐른 후 지온은 성벽과도 같이 단단한 텐트와 어떤 재료를 넣어도 맛있는 음식으로 변하는 냄비의 덕을 톡톡히 보았다고 한다.

　타나토스의 음모를 저지하는 데 막대한 공헌을 한 것은 먹으면 먹을수록 체력이 상승하는 냄비의 음식이었다.

에필로그

타나토스 사태 이후 5년이라는 시간이 흘렀다. 세계는 아직 상처가 남아 있었지만 대부분 회복했고 몬스터라는 존재는 이제 지구의 일부가 되었다. 치안이 좋지 못한 후진국의 피해가 막심했지만 새롭게 출범한 국제 이능대책본부에서 파견된 아티팩트 사용자가 파견되어 더 이상의 충격적인 소식은 들리지 않았다.

　아티팩트 사용자를 사람들은 능력자로 부르며 동경했고 그들은 국가 차원의 혜택을 받으며 자신의 임무를 다했다. 아티팩트는 간단한 자아가 깃들어 있어 주인을 스스로 골랐다. 위력은 일개 중대급 위력부터 사단급, 그리고 그것을 넘어선 국가 병기 수준까지 다양했다. 물론 강한 능력자는 그만큼 숫자가 적었다.

이브의 의도대로 아티팩트 사용자들은 전쟁 억지력을 발휘하고 있었다. 그 국가의 품격은 아티팩트 소유자가 얼마나 많나 하는 것으로 결정되는 시대가 온 것이다. 이브가 아티팩트를 만든 것은 지온 대신 몬스터를 처단할 존재를 만들기 위해였고 순간 열중해버려 조금 강한 것도 만들어 버렸던 것이다.

한국이 강대국으로 부상한 것은 당연한 일이었다. 가장 피해가 적은 나라이기도 했고 이브의 관여로 아티팩트가 가장 많이 배속된 나라가 되었다. 북한은 몬스터의 출현으로 막대한 피해를 입고 몰락했다. 몬스터들은 끊임없이 번식해버려 북한은 현재 몬스터들의 둥지가 되어버렸다.

세계 사람들이 알면 기절할 일이긴 하지만 지금 이브는 지구를 위해 팬타리온의 물건을 대여해준 자비롭고 선량한 용의 공주님으로 인식되고 있었다. 어쨌든 모든 아티팩트는 이브의 제어하에 있으니 실질적으로 능력자들은 이브의 수하나 마찬가지였다. 막강한 영향력을 자랑하는 이브였지만 역시 정점은 지온이었다. 달에 새겨진 흉터는 지구인들에게 늘 지온을 떠올리게 만들었고 그를 동경하게 만들었다.

각종 영화와 드라마, 만화로 제작되어 지온은 거의 신격화

되었다. 그 누구도 지온과 같은 압도적인 지지를 받을 수는 없을 것이다.

지온은 전쟁 근절을 목표로 세계 각지를 돌아다니며 평화를 새겨 넣었다. 덕분에 늘 일어나던 분쟁과 전쟁은 더 이상 찾아볼 수 없을 정도로 규모가 작아졌다. 지온 자체가 지구 전쟁의 억지력이 된 것이다.

"이제 살 만하군."

그런 정점에 위치한 지온은 지난 5년간 아주 바쁜 일상을 지내다가 겨우 은거에 들어가 꿀맛 같은 휴식을 얻을 수 있었다.

에멜리아 역시 능력자들을 훈련하는 조교 역할을 하다가 지온과 같이 은거해 단란한 한때를 보내고 있었다. 세계 각국을 돌아다니며 흥미 있는 모든 것을 둘러보고 있는 이브와는 대조적인 양상이었다.

"이브는 여전한가 보네."

"예. 우주 전함 따위를 만들 계획이라 들었습니다만……."

"응? 그게 가능해?"

에멜리아는 턱에 손을 얹고 고민하다가 작게 고개를 끄덕였다.

"얼마 전 연구원 중 하나가 스타워즈라는 영화를 보여준 것 같더군요. 진지하게 연구하고 있는 걸 봐서 만들 수 있지 않을까 합니다."

이브가 지닌 마법적 지식과 지구에서 얻은 지식을 이용한다면 무리는 아닐 것이다. 하지만 갑자기 만들겠다고 한 것치고는 스케일이 너무 컸다.

"하나에 빠지면 끝장을 보는 성격이니까 근 십 년 내에 인류는 어쩌면 태양계를 벗어날 수도 있겠군."

"그렇게 된다면 한동안 또 바쁘겠군요."

지온과 에멜리아는 서로 바라보다가 한숨을 내쉬었다. 그러다가 부드럽게 웃고는 입술을 겹쳤다.

샤아악!

"음? 한창 바쁠 때 왔군."

"아?"

"응?"

에멜리아는 다급히 떨어지며 옷을 단정하게 다시 정돈했다. 상기된 얼굴을 감추지 못하고 있다가 헛기침을 하고는 갑자기 나타난 이브를 바라보았다.

"멋대로 텔레포트 해서 오지 말라고 하지 않았나!"

"상관없지 않나. 내 집이고 하니."

"그, 그건 그렇지만……."

이브는 팔짱을 끼고는 지온을 바라보았다.

"지온, 나를 도와라."

"갑자기 그게 무슨 말이야?"

"엔진을 만드는 것에는 성공했지만 기존 상식을 넘어서는

초고도의 에너지원이 필요해. 공간을 구기는 네 마력과 용언을 결합한다면 분명 가능하다!'

지온은 눈을 깜빡이다가 몸에 힘이 빠진 듯 그대로 소파에 기대었다.

"빨리! 가자!"

"자, 잠깐. 아직 한 달밖에 쉬지 못했고…… 그전에 진짜 우주 전함 같은 걸 만들 계획이야?"

"음, 일단 화성 콜로니도 계획하고 있다."

"너 영화를 너무 많이 봤어. 서, 설마 그걸 만들 때까지 날 부려 먹을 계획?"

이브는 한 치의 망설임도 없이 고개를 끄덕였다. 그 모습이 너무나도 당당해 지온이 허탈감에 빠질 지경이었다.

"에멜리아, 너도 와라. 힘센 조수가 필요하다."

"나는 그런 일 따위……."

"숙소는 지온과 한 방으로 배정해 주겠다."

"성심성의껏 돕도록 하지."

에멜리아가 힘차게 일어나 짐을 싸기 시작했다. 이브가 눈썹을 찡긋하자 지온은 작은 한숨을 내쉬며 자리에서 일어났다.

"할 수 없지."

이브가 자신의 손을 잡아끌자 난감한 표정을 짓던 지온은 겨우 웃음을 짓고는 그녀를 따랐다.

지온은 문득 이브의 손아귀가 미치지 않는 곳에 은거를 해야겠다고 생각했다.

『섬광의 세이버』완결

김현석 현대 판타지 소설
전능의 팔찌
THE OMNIPOTENT BRACELET
「신화창조」의 작가 김현석이 그려내는
새로운 판타지 세상이 현대에 도래한다!
삼류대학 수학과 출신, 김현수
낙하산을 타고 국내 굴지의 대기업 천지건설(주)에 입사하다!
상사의 등살에 못 견뎌 떠난 산행에서, 대마법사 멀린과의 인연이 이어지고......
어떻게 잡은 직장인데 그만둘 수 있으랴!
전능의 팔찌가 현수를 승승장구의 길로 이끈다!
통쾌함과 즐거움을 버무린 색다른 재미!
지.구. 유.일.의 마법사 김현수의 성공신화 창조기!
Book Publishing CHUNGEORAM
유행이 아닌 자유추구 -
www.chungeoram.com

獨步行

독보행

임영기 新武俠 판타지 소설

FANTASTIC ORIENTAL HEROES

그날, 심산유곡에서 수련하던
한 명의 소년이 강호로 내려왔다.

모든 이가 소년을 비웃고,
모든 무사가 그를 깔봤다.

소년은 흔들리지 않는다.

"이 천하를 독보(獨步)하리라!"

한번 시작한 걸음, 결코 멈추지 않으리라.
천하여! 무림이여!
대무영(大武英)이 간다!

Book Publishing CHUNGEORAM

무정철협

월인 新무협 판타지 소설

「두령」, 「사마쌍협」, 「장흥관일」의 작가 월인
2013년 벽두를 여는 신무협이 온다!

삭초제근(削草制根)!
일단 손을 쓰면 뿌리까지 뽑아버렸다.

무정(無情)!
검을 들면 더 이상 정을 논하지 않았다.

그래서 나는 무정철협이 되었다.

진정한 협(俠)을 아는가!
여기 철혈의 사내 이한성이 있다!

「무정철협」

Book Publishing CHUNGEORAM

까불지마!

FUSION FANTASTIC STORY

무람 장편 소설

Book Publishing CHUNGEORAM

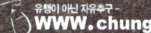

유행이 아닌 자유추구 -
WWW.chungeoram.com

ALCHEMIST
알케미스트

FUSION FANTASTIC STORY 시이람 장편 소설

2013년, 또 하나의 현대물이 깨어난다.
현대에서 펼쳐지는 연금마법진의 진수!

인간 최초의 9서클을 이룩한 마법사 아스란.
죽음의 위기에서 그가 남긴 유지가
차원을 넘어 지구에 떨어진다.

일리미트 비블리어시카(Illimite bibliotheca)!

그 무한한 힘과 지식을 얻게 된 김창준.
3년 전으로 돌아간 날을 기점으로,
삶이, 인생이, 그의 희망이 바뀐다!

**현대에 강림한 진정한 마법사의 전설!
끝도 없이 세상을 향해 날개를 펼치다!**

Book Publishing CHUNGEORAM

유행이 아닌 자유추구 -
WWW.chungeoram.com